陆树的五夜

连李 著

九 州 出 版 社
JIUZHOUPRESS

图书在版编目（ＣＩＰ）数据

陆树的五夜 / 连李著 . —北京：九州出版社，2017.8
（2025.4重印）

ISBN 978-7-5108-5664-8

Ⅰ.①陆… Ⅱ.①连… Ⅲ.①中篇小说—中国—当代
Ⅳ.① I247.5

中国版本图书馆 CIP 数据核字 (2017) 第 174397 号

陆树的五夜

作　　者	连李 著	
出版发行	九州出版社	
地　　址	北京市西城区阜外大街甲 35 号（100037）	
发行电话	（010）68992190/3/5/6	
网　　址	www.jiuzhoupress.com	
电子邮箱	jiuzhou@jiuzhoupress.com	
印　　刷	三河市天润建兴印务有限公司	
开　　本	880 毫米 × 1230 毫米　　32 开	
印　　张	7.625	
字　　数	128 千字	
版　　次	2017 年 11 月第 1 版	
印　　次	2025 年 4 月第 4 次印刷	
书　　号	ISBN 978-7-5108-5664-8	
定　　价	35.00 元	

序

2015 年春天，就在我刚刚出版《莲升的门》的第二个月，我在整理自己的大量手稿的时候找到了多年前零碎的手稿。稿纸有的还很齐整，有的已经开始发黄，边角破破烂烂。翻到一大半，竟有一股酸涩卡在喉咙，呛得我不得不反复地深呼吸。

这些文字大都是我处在非写作状态时记录下来的人、事或者偶发的记忆。它们的共通特点是：比日记短，比日子长；比事实本身有趣，比生活本身残忍。无论以怎样的方式重回记忆，都不是一件令人愉快的事。不是遗憾笼罩着你，就是那些逝去的美好将重击你。

"2013 年 2 月 12 日　今天吃午饭时，我和大罗路过味佳鸡排时在地摊上买了一本过期的杂志，是前年 3 月的，只花了 5 元钱。当时我没零钱了，是大罗给我买的。晚上躺在床上我随手翻到的第一页，是一个彩妆广告，浓妆艳抹的模特我一眼就认出来了，就是前年把大罗甩了的前女友珊珊。一切都是注定的。我喜欢这种注定。"

"2013 年 7 月 1 日　最近几天很奇怪，天那么湛蓝，我却觉得空气沉重，几乎无法呼吸，有时候还令人窒息。一切都太不正常了，明明我在谈着一场令自己满意的恋爱。"

"2014 年 9 月 19 日　（碎片＋梦）我和父亲都喜欢静止的画面。家里刚买录像机的时候，父亲经常租好看的 VCD 电影。但是妈妈从来不会和我们一起看。有一次，VCD 突然卡住了，故事正进行得热气腾腾，画面上的男人面目狰狞地被锁在了画面上。我们笑得肚子要爆炸了。"

"2012 年 12 月 12 日　（生日＋宿醉后）有些人往水面上扔石头，看看水是不是够深，能不能跳水。而另外一些人，很少数的人，他们总是在跳水之前，要先等着水的波纹出现。"

"2014 年 9 月 20 日 （宿醉后）草不一定是绿色的，马也可以有粉白色的，太阳最好的时候，每一只猫都镶了一层金边，一匹马可以撑起整个天地。父亲说，相机是神奇的，可以记录一切正在变化着的瞬间。但是人的眼睛更神奇，因为相机永远都躲在人的视线之后。"

那之后半个月的某一天，好友 C 生日的前一天。我记得很清楚。春雨过后气温骤降，远处的积雨云越来越近，又是一场雨要来。C 发信息与我商议第二天她的生日晚餐，而我的眼睛一边盯着客厅暗色花纹的墙，一边估摸着半分钟后粥就煮好了，我可以把泡菜和腐乳先从冰柜里拿出来温着。厨房的水槽里有一堆令人头疼的碗。

我什么也没有做，我只是一动不动地赖在沙发椅上，因为触手可及，我打开了摆在椅子边的收音机，调到了音乐 FM。几秒钟之后我就听到了那首歌——《久违的笔友》。我仍旧记得那个热泪盈眶的下午，眼泪汩汩地流，无论如何也擦不干净。我的头脑里积累了一大堆说不清从何而来的东西，心里翻腾着一种与本我遥相呼应的确凿无疑感。接下来我做了三件事：从冰箱里拿出我要吃的泡菜、腐乳，把水槽里的碗碟全部洗净，给 C 发了一条消息：我要开始写一本关于笔友的小说了。一会儿我就开始写。

那一刻的激情，如今回想起来，不过是在时间的风声与车轮疾驰声中一闪而过的呼啸。或者，不过是如细沙般从指尖滑落的明天。我没有再次为它流过泪水。在我创作《陆树的五夜》的一年时间里，我也很少去回想它。但它显然化身为悬在我梦里和书桌前的一颗坚硬而清澈的水晶，安静地、汹涌地反复吞吐它的能量。

　　《陆树的五夜》讲述了两个从未谋面的笔友之间小半生的人生故事。二人相互独立，又形影不离。他们普通到你可以拿任何一把衡量生活意义的标尺去衡量他们，又特别到他们内心的隐秘彼此靠近，唯一而不可取代。生活像一张蜘蛛网把其他人的生活连同他们自己连接在一起。《陆树的五夜》不意在揭示人生的复杂性和丰富性，它只对一件事物充满追求的欲望，即"内在的真实"。

　　谨以此书献给生活在小时代的人们，献给那些对你们而言芳草如茵、百花遍地的岁月；献给那些被你们的梦所牵肠挂肚的人儿和数不清的迷人细节；献给你们因被时间浸泡而稀释过度的婚姻与爱情；献给那些只有你们自己心里明白的——猛烈地、有条不紊地羁绊着你们步伐的梦想。

当陆树整理完最后一个文档，已经临近夜里 11 点了。最近这段时间，这个点儿结束工作已经是稀松平常了。办公室里只剩下他一个人，他和转椅一起转了一圈又一圈，发现大厅里的落地彩色玻璃窗被窗外的街灯和街上的人照得生动而明艳，相比起来，窗内的宁静显得不可告人。玻璃窗上如数写着自己被这热闹拒绝后的样子：手边摆着几盒薯条和鸡腿，粗条纹的绿格子衬衣是五年前妻子买的，但显然它现在已经不能支撑起自己的现在的形体了。尽管昨天妻子看见自己穿着它的样子笑得直不起腰，她还是没有阻止他把它穿出去。

深更半夜地加班，放心地吃任何品牌的薯条和鸡腿，没人在意你第二天是否丑陋臃肿——尤其是反正你自己也不会注意到这件事，或被什么其他事情折磨得没人样。这还不是最惨的——陆树并不能肯定在这样糟糕的一晚之后，第二天就一定不会重来一次。不顺利的话，第二天的这个时候，自己的身前左右还会再多几个一起吃炸薯条和鸡腿的人。

关上最后一盏灯之前，他注意到彩色玻璃窗上满是裂痕和灰尘。这是保洁阿姨从不会清洗的地方。

出租车开得很快，他本想在路上想一想自己的工作，或者是人生中的一些问题，实在不行睡上一小会儿也行，但没开出几步路车就到了家门口的前街。也难怪，本来就只有三公里的里程。

可就是这一小会儿，有一个词汇还是从陆树的脑子里蹦出来了：苦难。这个词令他暗暗吃惊，他觉得它太尖锐、太刺耳了。何况，它怎么就会这么唐突地出现呢？自己的人生本还好：妻子和儿子身体康健性格和善，三餐荤素合理，收入不多但还算稳定，每年都能出国旅游一次。这样的生活在一些人眼里还是动人的。

我该觉得自己苦难吗？陆树想。不，不是的。但是，那是什么呢？是什么使它蹦出来了呢？他摇了一下脑袋。

脚尖推着自己向家的方向走去，它们重复着昨天的样子，一如既往。他眼睁睁看着它们一点点将自己带入自己并无知觉的地方。他停住脚。

三月天，空气饱含水汽，潮润凉爽，前街路上一列列栾树的影子应和着月光横在自己脚下。不用看上一看，也能从这影子判断出那叶子有多油绿。就在不远处，一株耸高的青树发了一树的淡黄花穗。

新芽竞萌的青翠并不能使陆树有稍许宽慰，他觉得自己还是糟糕透了，自己只能循着自己的脚尖回家，这盎然的春色竟也插足不进来。这是否就是苦难呢？

"苦难"这个词在自己脑子里一旦存在了，它就不肯轻易消退了。陆树有些慌张，他想了想，觉得大概是从电影中看到太多这样的情景——精疲力竭地结束了一天的工作，回到家却撞进更加具体的麻烦中。这些麻烦有时候是显性的，更多时候是隐性的，当它们暴动的时候，你的肉体替你领受它们对你的苛责，可它们若安安静静地待定，你便会觉得"苦难"油然而生了。苦难有一股强大的力量，它神思不定地规划着人们的未来。

啊！对！这便是苦难了。生活中的所有，都应是用来到达自己的途径，而如果正相反，那便毫无疑问是苦难了。

一想到此，仿佛更多无法描绘、无以言表的东西在他体内澎湃起来。

"陆先生，又加班了？"小区门口值班的门卫王满脸堆笑地走过来。因为此人姓王，小区的人都唤他门卫王。

陆树略微抬一抬头，勉强笑笑。门卫王是南方人，本并不擅长讲普通话，可这个人就是喜欢兴致满满地和住户们攀谈，用他那比他自己真挚很多的讲话套路和他们聊一些八卦，或者他知道的一些奇闻逸事，他的身体为这些事储存着巨大的能量。他没有能力说出什么寓意深长的话来，也不喜欢总结，而是用简单直白的话来描述事情本身。尽管他使用的词汇因为缺乏修饰而显得过于袒露。

大部分的人还是喜欢他的，因为除了他做事热情，还把他们服务得很周到——为孩子们提婴儿车，给出差在外的人家充燃气卡，利用自己休息的时间给老太太们免费通堵塞的下水道。而对于他们的馈赠，门卫王几乎是全部拒绝的，甚至有几家住户将自家的备用钥匙留在他那里。

每个人在这个小区都有自己好奇的事物，但绝对不会主动去打听，他们喜欢在一种被动的姿态里接受那些本和他们毫无关系的消息，这样一方面不损害他们的骄傲，也不使他们欲壑难填的好奇心受到委屈。所以他们都喜欢门卫王。

他对他们说：

"谁知道怎么回事，C栋里同居的那两个小年轻可能只有十五六岁。"

"您的新车被前天和您一起遛狗的两个韩国人瞧上了，昨天您开车出去的时候，他们羡慕得很呢。但这两个人也不简单，买了200平方米的大公寓，还不是贷款买的。他们的父母可不简单。"

"您不认路也是正常的，这些事情您不愿意装在心里。您的心里装着大事情，那些事情就是想叫您忘，您也不会忘的。"

"姐姐，看着您心情愉快了我也好像高兴起来了……裤兜那么可爱……有个好消息，您家楼下那位阿姨的 Toy 已经怀孕了两周了，Toy 也是贵妇犬，和裤兜可是一个模子印出来的……"

小区里人人都知道，这是一个总是把心里想的、眼睛看见的都如实说出来的人，他没有能力修饰真相。所以有多少人喜欢他，就有多少人害怕他。门卫王在小区里工作了 15 年，勤勤恳恳，一天也没有懈怠过。在陆树看来，这种勤奋更像是一种蓄谋，一种见不得光的勾当。哪天门卫王要是遭到了绑架，那些在夜幕中死去的八卦都会吓得活过来吧。

陆树急匆匆地踩着自己的影子不减速地继续走，"是的，有个要紧事。"

"这是您的信，其实已经在我这里保存两天了。我这几天休假，转给老郭呢我又怕他记性不好给丢了……这才在我这里保留了这么长时间，我也没您的电话，也打听不着……我发现这封信被转了很多个地方，盖了这么多戳……您和您太太总是不在家。我也很感兴趣你们都在忙着挣什么样子的大钱呢。你们已经是这么成功的了……"

陆树接过信一边道谢一边不减速地向前走。

借着风吹过来的闪烁不定的月光他看清邮戳。这是一封来自淮恩城的信。信封上的日期模糊不清，只能看出是月初寄达的。

走到了楼门口，陆树才记起来挂着 U 盘的钥匙被自己插在公司电脑上了，只好硬着头皮按门铃。门铃响了好一会儿，妻子的拖鞋声才由远及近踢踏前来。屋里一片漆黑，妻子没有开灯也没有停留，转身踢踏着拖鞋回房了。

陆树知道妻子没有看他一眼。

他盘算着自己在淮恩城有没有什么要紧的人，是聚会时认识的人吗？是远方亲戚？不会，都不会是，他摇摇头，因为在他认识的人里，谁也没有必要写一封信给自己。或者是信根本就是银行寄来的信用卡账单？但这不可能。

他着急要知道这个人是谁，他想着等妻子数落完自己就去书房看信。但是他在沙发上等了一会儿，一点儿动静也没有，房间里静悄悄的，房间外是叽叽喳喳的风声。

他踮着脚尖拎着一壶红茶走进了书房。

信封就是普通的黄底信封，没什么特别，只是字居然是用钢笔写的：

陆树先生收

寄发地址：淮恩城香滨路五号别墅502

信封上并没有收件人的姓名，只有一个大写的"Y"。

树，你好，我是五夜。你还记得我吗？我是你失散多年的笔友。我们大概有15年未联系了吧？

有一块在心里小小的、干瘪的东西，被浸润得忽然放大了，就像被水浸泡过的黑木耳。他马上意识到写信人是谁。他有些不敢相信，他放下信，倒了一杯茶出来，热气沿着手指爬到他脸上。这一过程他尽可能地说服自己确认这个事实。

这是五夜的信。

你不知道吧？我就连写这个称谓都想了很久呢。我本来要写"陆树"，但我一想，我曾经没有这么称呼过你，我也想写"陆先生"，但我想我们之间的距离并没这么远——虽然这么多年未曾相见，连这样的一封信也不再写了。但是除了这个称呼之外，我不知道怎样是好了。

陆树差点一下子掉下泪来，但他却提前被自己的这个行为逗笑了。写信人是自己20年前的笔友，那时自己17岁，正在进行着人生中第一场拉开大幕的日子：父母离婚，而自己第一次爱上了一个女孩。最难以启齿的是，前者从没比后者使自己痛苦更多。那是乌云压顶的 年少时光，是难挨的十几岁。而如今，这两样痛苦都不复存在了，或者说，他忘记它们很多年了。虽然他曾经一遍遍，在一张张干净的白纸上盖满整页的词，但是那些词就像是热情而危险的动物，被原始的动力驱使的同时又对现实生活具有破坏性。

他没有着急继续看信，而是试着把两件事分开考虑，一件是关于这封信，另一件是关于这封信所引发的回忆。但是他发现，如果他要这么做，其中任何一件事都不能支撑起对方的重量。

他甚至对此无话可说。当他把它们放在一起看时，它们所创造出的韵脚就改变了每个事件的现实。

五夜是他从未谋面的笔友，是他从海边的漂流瓶里捡到的。那是他生平第一次去海边，第一次和喜欢的女孩子相处，第一次为自己毫无把握的事付出努力。

在某一个下午时光，天边露出隐约的微光，离那束微光最近的一片云不断地变换身形直到伸长成一条直线，延伸到蓝色的远方，一直蜿蜒到天的尽头。女孩子从海里捡到了一只漂流瓶，将漂流瓶交到了他的手里。从此以后他的世界忽然就不一样了。他觉得自己无法和过去的自己一个样了。某些故事注定是要发生的，以某些漫长而执拗的线条。阿尔博姆（注：美国作家）说，没有一个故事是孤立的，有时它们在拐角相遇，有时它们一个压着一个，重重叠叠，就像河底的卵石。陆树不知道自己的人生是否应该用故事这样沉重的字眼来总结，但它们对他而言，一直在彼此抵达对方，就像阿尔博姆说的那样——它们与另一个似乎毫不相干的故事紧密相连。

陆树觉得这个夜晚很燥热，他端起水杯来喝的时候红茶恰好已经冷了。

我回到了淮恩城，我一定告诉过你，但很抱歉我不记得具体是什么时候告诉你的了，也不记得我是不是告诉过你我曾经离开过它——淮恩城，我的老家。上个月我刚刚回到这里。我的车刚刚开进城墙脚下我就掉下了眼泪，那些砖墙又老了很多，不知道是不是因为它们很久以前就开始一直寂寞了，从此再不会有故事在它们身上发生。

我想，只有我能看得出它们老了，在别人眼里，它们永远不会改变。

有时，但不经常，我会回到镇子里看看我妈，给我爸上个坟——他几年前去世了。心脏病，走得很突然。我现在是个会计，收入不错。不上班的时候我喜欢到处逛逛，有时候会在6点钟起床上街，有时又在床上躺到吃午饭才起床。我已经开始在咖啡馆里消磨时间，点些啤酒吸一支烟，听周围人讲话，变得越来越老成。

20年前一个阴天的晚上，五子中学的一群年轻人来到了"蓝港码头"。

带头的男生叫薛亮，他刚刚和自己的父亲学会了驾车，自作主张将五六个人塞进了车里，要带他们去看日出。

薛亮显然没有他自己形容得那样精于驾驶，不是挂错挡，就是在距离前车只有一个拇指的时候才踩下刹车，车内的几个人嘻嘻哈哈地撞在一起。

薛亮的女友W一直在叽叽喳喳讲笑话。等车开到码头，已经是凌晨了。陆树坐在副驾驶默不作声，车外的雾很大，下着雨，一片泥泞，视线非常差。谁也无法将自己的注意力从车里移开。

在接下去的几小时里，薛亮和其他两个男孩子想办法架起了篝火，没有人有困意，火焰升得远没有年轻的躁动热烈。

"我们都跳舞吧。"薛亮喊着，然后一把把W拉了起来。

每个人都把手举向了夜空。

后来天黑得更深了，薛亮搬来了父亲放在车厢里的一桶德国啤酒。大家最终筋疲力尽地倒在沙滩上。

W走向陆树，把一个小瓶子递给他，说："这是我刚捡的，送给你了。"

10分钟左右后薛亮骂了一句"该死的"。他把自己的口袋翻了一遍，然后又把W的口袋翻了一遍。

"玻璃瓶不见了。"他懊恼地喊，咬牙切齿。

"那是什么要紧的东西？"有人问。

"那是漂流瓶，里面有信。"另一个男生喊道。

W站在薛亮身边，看着陆树，对他轻轻点了一下头。那个眼神与点头之交来自于一个平行的时空，只是那个时空的他们先于他们当下，走向其他时间。

回到了年少时候的旧宅子，我真的很兴奋，它们处处透露着旧时间的疯狂。当然，它们也令我鼻尖发酸。我想起《时光之尘》(备注:希腊电影,导演西奥·安哲罗普洛斯)中的开篇——"没什么会结束，一切都不用结束，我回到这个地方，觉得处处都是灰烬，在时间的灰烬下，可能过去的我早都失去了当初的纯净，却又突如其来地在某个时刻浮上水面，犹如梦境。"

我很快发现了那时候写给你的信。它们就被摆在我那时用过的旧台灯前，一点也没有神秘感，致使我差一点就觉得打开它们毫无意义了。但我打开它们了，所以我不得不给你写这封信了，亲爱的树——大概也没有再这么称呼你了，对吗？这些都是 20 年前的信啊，已经 20 年了，我真不敢相信。想到这个日期才知道我有多想念你。我真惭愧。

我不知道这封信会不会送到你的手上，我想你可能搬家了，说不定去了更远的地方。但不管如何我都要寄出这样一封信。

生活在你身上发生了些什吗？叫 W 的女孩（如今已是女人了吧），还在你的生活中吗？我迫不及待想要知道，见信速回。

小夜

"你给那个人回过信了吗？"课间操结束后，W 紧紧跟住陆树。

"谁？"

"什么谁，漂流瓶里的那个女孩子！"

"我还没有打开。"

"什么？"W 的脸上露出不可思议的表情。"真的吗？"

"真的。"

"为什么？"

"你没叫我打开。我甚至都不知道那是一个女孩，你怎么知道的？"

"我当然知道，"她呵呵地笑起来，把手伸进陆树的腋窝，"明天阿鸟咖啡馆见，我们一起回信给她。"

阿鸟咖啡馆里的音乐多半是热热闹闹的，但傍晚之后就会变成令人心怦怦乱跳的乡村民谣。那些音乐使现在变得遥远，召唤着一些有魔力的感觉，使好端端的人忽然慌乱起来。咖啡馆是典型的哥特式建筑，整体都漆成了棕灰色，连屋顶的塔尖也被涂上了哀婉的铁灰色。窗子上的布纹是不合时宜的粗麻花布。对于那时候的陆树，这里是离远方最近的地方，这里是离 W 最近的地方。

走廊两边是很多闭合着的尖形拱门，地板由一堆废弃的木板铺就，被店主刷上了红红绿绿的油漆，虽然谈不上整齐，但你也不能说它们是涂鸦。人走在上面会有很大的咯吱咯吱的声响，像驾着一条会唱歌的彩虹。W 的鞋子走在这彩虹上也有歌声，有时候她穿球鞋，有时候会穿细跟的高跟鞋——她是学校里唯一一个穿高跟鞋的女生，她的身上汹涌着千万种潜力，既放荡又纯洁。

她和其他人不一样，陆树确信这一点。对所有人冷漠是她惯常的神态。他没见过其他姑娘像她那样把裙子的裙摆穿得那样安静，不发出任何窸窸窣窣的声音，也没见过哪个女孩敢做那些别的女孩根本想都不敢想的事情。

每次 W 邀请陆树来阿鸟，陆树都会站在咖啡馆门口等候很久——他乐意这么做，虽然有时候等候的时长多过于他们待在一起的。他喜欢看着 W 先融入这条彩虹，接着她使这彩虹唱起歌，他喜欢她嚼着口香糖，对自己翻白眼，突然跳起来打他的后脑勺。他也喜欢她忽然沉默下来，然后忽然开口，说"你的作文写得很好，你以后可以当作家"或者其他不着边际的话。

可是如果她不联系他，他就什么也不能做。哪怕就这样过去一星期、半个月。他不知道 W 打算做什么，除了在阿鸟咖啡，她叫他给他买一杯咖啡，问他借 10 元钱。反复地说起她和薛亮一起做的事，他们接吻时她觉得痛，因为他有一颗牙齿上有一根刺，或者是其他。她说不出来是什么，也不知道该如何向他建议处理那根刺。但她觉得那样也是好的，如果甜蜜的时刻伴随着痛感，那么甜蜜也显得更加特别的。她说她不懂薛亮是不是打算娶她，她愿意嫁给他。他们做爱的时候她没有快乐——没有她想象过的那种快乐，但她还是觉得欢愉。他并不温柔，常常粗暴地直接进入她的身体，甚至他也只管自己快活。但她喜欢那样，对方也知道她是喜欢的。疼痛往往更能唤醒她的知觉。她喜欢他身上的味道，他的每一声细微的喘息。她能感觉到薛亮的大臂和膝盖如同妈妈吃的鱼肝油那般光滑。

这就是她的爱情。W 反复告诉陆树，在爱情里，人会拥有一种变态的感受，就是深陷痛苦的同时却无忧无虑，这种复杂的说不清、道不明的感觉使她上瘾，使她成长，使她成为她想要的自己。

陆树并不是很明白她讲的每一句话，他是一个几乎连朋友都没有一个的 17 岁男生，更别说是女朋友。W 是他生命中出现的一枚气球、一颗炸弹、一个太阳，给予他最新鲜而无比危险的诱惑。

"这场爱情，"W 对陆树说，"让我隐约知道我将成为哪一种女人。"

陆树喜欢听 W 说这种他听不明白的话。

说这句话的那天她第一次染了金色的头发，在女厕所抽烟被教导主任抓个正着。学校责令 W 休学反省半个月，W 的父母也将她软禁在家里。薛亮没来看过她。

W 似乎并不伤心也不疑惑，只是请求陆树带给她薛亮的消息。陆树至少有四五次瞧见薛亮挽着另一个班的班花的手走进台球厅，就像之前挽着 W 那样。他清楚自己应该保持沉默，反正这件事已经成为学校最炙手可热的新闻。W 一踏进学校的门那些冷冰冰的八卦是非就会摔在她的脸上。

周三下午不上课的时间，W 的父母允许陆树来看她。他在 W 父母的眼中是"和薛亮不一样的正经人家的孩子"，因此他能得到特别的优待：和 W 一起吃水果，听摇滚乐，看书。他喜欢读书中自己喜欢的句子。喜欢 W 在那个时候格外地安静，然后对他说"你作文这么好，你以后可以当一个作家"。

他在学校里几乎连正视她一眼的机会也不多有，但是这两星期的 W 几乎全部归陆树所有。在 W 突然退学消失后的好几年里，这两星期就是他生命的全部。

"信上是怎么写的？" W 咬着笔管问。

"是来自淮恩城的信，她想交个笔友。"

"她叫什么？"

"五夜。信上是这么写的。"

"我前几天看了一个外国电影，里面的女主角说，当人长大，第一件事就是坠入情网。" W 轻蔑地说，"这个女孩子就是想来一场恋爱，让人为她牵肠挂肚，但她真虚伪，我不喜欢虚伪的女人。"

"她还是个女生啊，应该不会像女人那样吧？而且即便是那样她也没有错。"

"我来回信。" W 一边说着，一边拿着两根筷子，在咖啡杯上摆出一个十字，一会儿又换一下位置，拼出一个"11"，或者一个"X"。

第二天的晚上她把信递给陆树："你可以看看，但你最好不要。"

从那时至很多年后，陆树都没有看过 W 写给五夜的第一封信，那也是 W 与五夜之间的唯一一封信，它阴差阳错地搭建起陆树和五夜之间"阴差阳错"的关系。什么叫作阴差阳错呢？就是你抬头望向天空时，日头强烈地击打你的脸，你不得不低下头。但是你开始格外注意自己的影子，并且清楚它是你直视阳光的最佳方式。

那封信预示着几个活生生的还没有开始进行的人生，在 W 离开后的很多年里，在他持续和五夜通信的所有时间里，他时不时都会想到这封信——他要知道它的内容也是轻而易举的，五夜会把它寄给他看，正因为如此，他不会这么做——对他而言，它是被晨光擦干净的墙壁，长在头顶上随时能摘下的月亮，毫无畏惧的拳头，田野上的薄雾，被汽灯点亮的黎明——既充满意义又毫无意义。

现在，因为五夜的出现他忽然想起了它，这么多年来他第一次对它充满好奇，而且愈演愈烈让他心烦意乱。他点了一支烟，之后从手机里翻出一个电话号码拨出去，或者找到音乐播放器随便放一首最近听过的歌。慢慢地，他的思想便转到别的事情上面了，一向如此。可是彼时的他充满沮丧，是的，其实他并不喜欢这样：不得不求助于记忆的不全和易逝，而不是与它们面对。

"如果你不是赚这么少的钱，我真不会一遍遍地怀疑你读过经济学，这些个学科对你现在的经济状况真是一个残忍的讽刺。"

第二天的早餐时间，妻子再次把咒骂拌进了面包和汤里，陆树不作声，他早就习惯了它的味道。他在一流的大学念经济学，妻子大概也是因为这个原因嫁给他的。当年父亲费了好大劲将他送进那个学校，可他从没从事过相关的职业，因为他不喜欢。但最糟糕的是，他也不喜欢自己现在从事的职业。

东风吹来的时候，已经是午间了。从彩虹玻璃窗看出去，太阳像是把一颗颗金灿灿的钻石抛在柏油马路上任其舞蹈。大概从三星期前，中央广场的喷泉处有一个戴着红色礼帽的男人在那里吹萨克斯，身上的牛仔大衣破破烂烂，刚好能衬起他十足的傲气。

大风一阵阵掀起他的礼帽，路上的行人把脸埋在衣领里，没人留神去听他的演奏，即便有人跟着旋律在心里哼唱也不会意识到这是一个属于这个广场的角色。他们习惯匆匆行走，偶尔停留也是因为人群拥堵而焦躁地驻足。大多数被表演吸引的都是小孩子和乞讨者。陆树心里是喜欢这个人的存在的，至少其没有意外也毫无指望地每天在那里表演，使这个广场维持着始终如一的平静。他有时还会把自己刚巧握在手心里的一两元钱塞进他的琴盒里。但他从不与红帽子男对视，他有些害怕看这些卖艺人的眼睛。

陆树从高处俯视着他，他想起来自己无数次从卖艺人身边匆匆走过，但是没有对他和他的演奏留下任何印象。就像天然的视听屏障架在他们之间。而此时此刻，他忽然对窗外的音乐充满了兴趣。阳光越来越盛，他凝视着地面的璀璨，强烈地预感到自己生活中的某些变化。

距离五夜来信已经过去了整整一周，陆树没有给五夜回信。要说什么呢？自己的生活有多糟糕吗？有一个完全不在乎自己的妻子？有一个自己完全不了解，从不和自己亲近，喜欢穿皱巴巴的衣服和褪色牛仔裤，考试永远70分的儿子？一份在出版公司朝八晚十，勉强应付着妻子昂贵生活支出和全家人每年一次国外旅游费用的工作？20年过去了，陆树清楚自己有多久没有注意过阳光，也没有注意过咖啡的味道。即便最平常的油盐酱醋茶，他也不是总能消化得了。他生活得不差，但绝对不能说不错。如果他给五夜回信，就要说这些吗？当然不是，当然不行。如果要说的是这些，那我什么也写不出来。陆树暴躁地警告自己。

理智告诉他，他必须撒一个谎。

像上学时那样，他拿起笔，在一张纸上试着写字。

20 年来每天早上我都在幸福中醒来。没人像我这么幸运吧……

W 现在是我的妻子了，很神奇吧？你突然写信给我，也突然把我带到了 20 年前……

小夜，最近这里经常下雨，下雨的季节适合与过去重逢，适合遇见故人……

他在草稿纸上又胡诌着，诺言自笔下流淌而出，仿佛一早它们就等在那里似的。因为没有洗澡，他闻见自己身上汗涔涔的味道。

他一会儿踌躇满面，一会儿灰心丧气。他有时候觉得找到了表达自己的正确措辞，兴奋得满脸通红，可没过上一会儿又觉得自己很可笑，像泄了气的气球瘫坐在椅子里。他想稳妥地在回信中描述一种现象：他的生活中时常出现新鲜感，而其不逾越生活本身的稳定。他必须清清淡淡地说一些人和事，但着重强化其中某些具体细节带给他的震撼，这样一来，他就是个有筋有骨，懂得怎样对生活挑挑拣拣的聪明人，自信于生活怎样都能相安无事地继续下去。这样一来，生活对他施加的某些重创，也显得像是在成就他之前进行的小把戏罢了。

对，就是这样。这是什么？陆树不知道。他只知道这不是人到暮年的狂热欢欣，不是一种岌岌可危的不可比拟的危险。而是一种有尊严的无耻。

但是在这之前，自己必须先成为某个人，另外一个人。无论是谁都好：一个凭他自己创造，凭他自己改变，或者说白了任由他"摆布"的人，他可以设计"他"的人生，给"他"安插美好的爱情或者高尚的人格，把凡事都和"他"牵扯上关系，让"他"充满意外富有创意地生活，"他"是经历了社会艰难，不再慌乱的成功人士。反正任由他想象，只要那不是他自己。

他把自己写的回信读了一遍又一遍，改了又改。要知道，对于女人，万万不能小看她们如猫一般的知觉。尤其是如果对方是过去的恋人——当你打算回忆过去的事物时，你可以记得起公园里的木偶戏、冬天河上的抽陀螺、河边的炸鱼摊、学校门口的红糖稀，以及当时你们共同为其着迷的电影明星。但是你一定不要说你记起初吻时对方口中的冰淇淋味儿是香草的还是巧克力的，不能谈及你还记得自己为她做过些什么，不能记得她告诉你她要放弃你时，选择看着你的眼睛还是看着你的脚面。

否则之前一切都白费了。他提醒自己，我没有撒谎，我不是要撒谎，我只是想让生活看起来好看一些。

小夜：

接到你的信，看着你我既熟悉又陌生的笔记，我恍惚地觉得自己进入了一个很神奇的时空，说它是过去吧，它好像又和现实是并重的。我同时在过去和现实中待着，这真是很神奇。

我很好，虽然好得很平凡。我都忘记了为什么咱们突然就断了联系，但是我清楚地记得那些信的内容，和咱们的那些秘密——怎么可能会忘呢？我和W结了婚，我们有了儿子，生活对我们公平公正，所以我们既吵闹也恩爱。我现在是一个主厨，在一家西餐厅工作。你知道的，我对生活的要求也就是如此了，所以我很幸福。这些年来发生的事太多了，我不知道从何说起，倒不如让我慢慢想想，然后先听听你的故事？

盼你的回信。树。

"树，你好，我是小夜：

很高兴你和我想象中的一样过得如此好，哦不，首先我更该感谢上天真的让你收到了我的信呢！天哪，我简直太高兴了！

写这封信之前我喝了三罐啤酒。

对，我开始喝酒了，其实很早之前就开始喝了，我想说甚至我没敢告诉你其实很早之前我就偷偷喝过妈妈藏在布帘子后面的白酒。哈哈哈，那是我喝过的唯一一瓶好喝的白酒。

你与这生活很契合，该怎么说呢，你似乎没有受到年华的传染，你经历的事情一次比一次新鲜，哪怕衰老也无法真的抵达你。

你居然成了厨师？天哪，我简直不敢相信，我本以为你会是一个作家。因为你之前写给我的信，比我之后读过的很多文字都要美好百倍。你也说过你会是一个作家。如果不是天意弄人，就是上帝在给你打开一扇门的时候不小心也把窗户打开了。（我得提醒一下你，你这样完美简直太可恶了）

在你说到你与W恩爱的婚姻时候我其实很失落，我的先生爱上了别的女人正打算与我离婚。天知道我是不是正是因为这个原因才回到淮恩城，其实你以为我愿意回忆起我那些和今遭相比过于美好的过去吗？我的校服的颜色，我的作业本考试卷和麻花辫，我的男孩们，我的梦。你知道吗？真是巧合，就在我翻到了过去我与你的这么多的通信的时候，我的先生从南太平洋打电话给我，告诉我他决定取消离婚协议。其实如果我没有发现过去的这些信，如果我只是拧开这盏旧台灯，在它面前自怨自艾的话，我先生的那通电话就会是昂贵的解药，我会马上同意的。但现在不同了，一切忽然不一样了。我仿佛通过这些信察觉到一些新的东西。不要因为这个消息而抱歉，相信我。希望你如此这般美好地活着，以及更好。以及我们的通信不会再中断了。

PS：你说的照片我还没有挑到合适的寄给你，你知道，要是找到一张表现自己美丽的照片本也不是难事，但是能有一张你觉得合适地表达了你本来样子的照片确不是容易的。

祝你健康！盼信归。

五夜

如同马尔克斯写的那样——暮年的岁月不是奔涌向前的激流，而是一个无底的地下水池。且这水池越来越深，从这里慢慢流走的并不是记忆，而是对记忆的廉耻心。

他躲在白天磕磕绊绊的所有闲暇时间里，午间的咖啡时间，以及晚饭后一个多小时的自由散步时间里，将这封信读了一遍又一遍，到后来，几乎每读一遍他就会多一些崩溃。

有那么一会儿他的助理前来找他为一个项目的复审建议签字，并建议就这个项目明天开一次会。

他说："嗯，就照你说的办。"

助理脸色苍白地退出门去。

他开始陷入对过去大量而重复的思考之中，因为他无法确认自己的情绪，也没有什么证据来帮助他。

他开始为自己的谎言感到可耻，仿佛在镜子里看到自己醒龊的打扮。但他所能做到的，仍旧是在下一封信中继续对五夜编那些谎话，向五夜描述灰尘在阳光里飞舞的完美人生，描述那种他已经不再像年轻时那样带有种种苦痛烦扰，偶尔的烦恼看上去也是生活不痛不痒的挑衅。

那一刻，真实的忧愁从自己的身体里流淌而出，可他无法倾诉，尤其是不能对自己亲爱的，自己曾经所依赖的笔友。如果他这样做，那么自己好不容易重拾的机会就反而变成了孤苦无依的有力写实。

有几次他在后半夜回到妻子的床上，发现妻子为他留着一盏浴室的灯。他会忽然为自己的焦虑痛苦起来，他宁愿不要这闪烁其词的光亮，因为它来自于一个不被欢迎的地方，代表着于它们自身无关的希望。他把钱包放在桌子上，又把手表卸了放在钱包旁边，又把两样东西摆齐整。

妻子的背影极其安静，安静得不真实，月光纹丝不动地搁浅在她的枕边。他知道她醒着，甚至连眼睛也没闭着。被角滑落到她的胸口。整座房子里，随处可见这种虚伪的安静，以及为这种安静所虚构的幸福。

他本想替她掩一掩被角，但他想了想，终究没这么做——那样一来，她就不得不"醒过来"。但不管怎样，每个礼拜天他们一起回妻子家的时候他却可以得到难得的短暂放松。妻子的家坐落在近郊的一个一百多公里外的乡镇，是那个镇上数一数二的大户人家。他的岳母马不停蹄地在八年之内生了六个孩子，没有一个孩子得到过特殊的照顾或偏爱，每一个孩子都有充分的自由，他们从小就被允许独自出行甚至远游，陆树坚持认为这就是妻子性格冷漠的根源。作为家中排行老四的妻子好几年不用回家去陪父母也不会招来什么谴责。陆树很多次都怀疑是不是妻子的家里人已经不记得她的存在——如果她不是每年坚持在母亲生日的时候寄去礼物。妻子回家探望亲戚，也纯粹是出于对美德的癖好。并且即便他们一同回家去，陆树也悠悠闲闲地待在一个大房间里不用出去。全家吃饭的时间到了，没人想起来他还在楼上，包括妻子。他从窗外望去，花园墙角的背阴面齐整地堆着一排自酿用的葡萄酒桶，因为经年累月地被晒着，大多数都裂开了大口子。有的桶上盖了些艾草，有些则裸露地站立着杵在那里，丝毫不为自己的残败而羞愧。花园里养着一只叫阿图的土狗，大概5周岁了。

有一次一个雨天的下午，妻子以及哥哥嫂子们正在准备晚餐，阿图突然发起了疯，冲出屋门去，瓢泼的雨似乎只叫它更加起劲。它冲破别墅的木栅栏，一路向河边狂奔。家里的大多数人都一致认为阿图是像以往一般那样在闹脾气，在这种使它自己筋疲力尽的发疯之后，只会使它更贪恋主人安抚它的肉骨头。

就像以往的任何一次一样。

但是很遗憾，这次很特殊，阿图没有再回来。

晚饭的时候，一家人在饭桌上讨论，最近镇上有很多狗得了狂犬病，妻子的三弟忧心忡忡地表示很担心这次阿图的走失会和这有关系。他举了一个例子，几年前他出差去过的一个城镇，镇上正在流行狂犬病，镇长下令杀掉所有幸存的狗，并把尸体带到偏远的旷野焚烧。唯一幸免的就是一只土狗，因为它太安静，没人想起它来。

当然对陆树而言这是一个故事。

等他再次听说阿图的消息，已经是一个月之后。妻子接到了三弟媳的电话，告知妻子，他们在两天前乘车去边城买土特产的时候，听河边的渔夫们讲起曾经打捞起一只土狗的尸体，而他们几乎百分之百地确认那就是阿图的尸体。即便他们这么确认，他们也没最终去认领它的尸体，他们曾经视它为家人，给它做了精致的吊床，找裁缝给它定制了刻有它名字"阿图"的印尼进口金丝绒被，吊床上还有一条一看就不属于阿图的土耳其地毯，它被左叠右折成一个狼狈的装饰物堆在吊床的一角——一定是这屋里的某个人认为只有那里是这条毯子的用武之地。

阿图消失了。但这个家庭里的感情依旧坚固，哀伤袭来的时候，人人都会在家庭聚会中讨论灾难的严重后果及其本身的恐怖性，必要的时候，女人们还要流下眼泪。这些事情似乎保证了家庭聚会的本身意义，每个人对它都会有一番展望性的看法，家庭成员之间通过在黑暗中探索来确保自身向往光明。但如果真的一旦有人深受其害，或者自身变成某件事的牺牲者，那就叫他们太吃惊了，他们不能忍受这样的事情发生。也就是说，这个家庭里的人对待灾难的态度都是虚伪的，他们努力使它们每一次置身于一个便于观赏的角度，一旦它们真的靠近他们，这些灾难就失去了它们一开始的平静，而真的将他们置身于不幸。

他们无法容忍，就像他们无法容忍这些经历成为另一个家庭的安全感和力量来源一样。

"我真不敢相信，阿图就这么走了，上星期的现在我还带它去天湖游泳……阿图走了，像是咱们这个家里少了一个谁一样。差不多这几天的每一天，我只要一洗澡就会想起它。"

"阿图一定是上辈子欠了我们家的情，今生转世成为我们的亲人，佛祖会保佑它的来世。"

"我哭了一晚上，想到它的可怜样子我就吃不下也喝不下……要不是我还有工作，真的想不顾一切地去找它。"

"唉……愿它一路走好。"

但是他们没有去认领阿图的尸体，谁也不曾尝试过。

还好，陆树不在他们的生活之内，他从不需假设自己身在其中。

五夜的突然出现对于他而言，就是下班路上出现的棉花糖摊，是蛋糕里吃出的戒指，是沙尘暴后挂在天上的彩虹，是失眠的半夜 3 点在床边踱来踱去的原因，是这一切价值的总和。

五夜：

抱歉隔了这么久给你回信，我最近有些事情要忙。

要忙些什么呢？想来想去什么也没必要和你说出口。我的生活算是好的，别人不敢奢求的平稳生活我一早就得到了：W很好，她有些主妇们因为空虚而养成的固执，总是坚持早起给孩子做早餐，即便其实我和孩子在早上很方便地能在班车附近吃到干净又美味的牛肉汉堡。

W坚决反对，她认为这样无异于摧毁家庭。她这种耸人听闻的说法我想大概就是从总台的广播上得来的，你想必也没少听。W坚持每天6点起床给我和孩子做营养粥和三鲜海带丝、卤煮牛肉卷和酸奶沙拉。无论如何，我总得心怀感激，现在这样做的主妇并不常见。

她本没有必要做一个全职主妇，她工作的能力不在我之下。生活没有错过她的高贵品行——你知道我必须时刻记得这一点。也正是我时刻都记得这一点，我没有一刻不是不安的。

这种不安就像是……你能理解吗？好比你阅读了你喜爱的某种固定风格的文字。但是这种文字只是使你感到饱腹可不能使你觉得心满意足。因为它们只是沿着别人替它们开辟的路径走下去。而你走在别人的路上。

对于你的婚姻我很抱歉，但是大雨过后，小鸟们会在树上唱歌，我们睁开眼睛，太阳依然会挂在天上。 这不是鸡汤，而是同样身处婚姻中的我，与你分享的感受。

说到这儿，有件事突然想说给你听：上个月的某一天，我经人介绍在一个小型的商业画展做自助餐，然后遇到了一个人，她叫杨琦。说实话我当时并不记得这个名字了。她从一进门似乎就认出来了我，一直笑盈盈地在不远处看着我。我在心里问自己，是谁？我不可能认识她。而她已经走过来，她直接开口说，你是陆树吧？她只说了一句，她的声音就把我推开了当下，我身处另一个空间，被过去的声音和气味反复缠绕，与其相关的那些我早就不记得了的影像，一下子全都回到脑海里。

说到这儿我想你也明白了，她曾经是对我来说很重要的人，是那种无法确定为什么重要但是你想起来就会手心发麻的人。

我们是在115路公交车上认识的——就在当年W消失后没多久，严格意义上来说是我在公交车上发现了她。她一般从地坛广场中心上车，然后坐在倒数第二排的走廊位置上，而我一般紧挨着她的位置站着。说实话我不记得她的长相。我眼里的是她粗亮的马尾辫子，被一串用白珠子做的头绳高高束在头顶。

不知道哪一天，就在我看着这个辫子发呆的时候，她忽然抬起头对我微笑。我们就这样认识了。后来我问她如何发现我的，她大笑着说，你总会站在我旁边啊，就算旁边有空位你也不坐呀。我们两家住得不远，她父母当时刚刚离婚。即便如此她也还是喜欢笑，却很安静。我在她面前变成了爱说话的人，我几乎滔滔不绝，把和W在一起要说的话想说的话，最终什么也没说的那些话说了个遍。

我们有时会相约去北山放风筝，她的爸爸是做风筝的能手，和她妈妈离婚之后就不去单位上班了，在家里做风筝卖钱，能赚不少钱。有一天在北山，就在风筝刚刚飘上空的那一瞬间，她用平常不过的语调说了一句话，她说，我爸爸想回老家了，他买了后天的火车票。如果你要我留下来，我就留下来。

就在她开始说这句话的同时，刮起一阵大风把风筝袭得远了，我们一同朝风筝的方向跑去，她的话被淹没在风里和草地里窸窸窣窣的脚步声里，但我听得一清二楚。我没有回答，她也没有再问。于是第三天，她就和她的父亲离开了。我们自此再无相见。

记忆就是这样奇怪，本来在遇见她之前，我不可能再想得起她，这个人随着时间的消失将不复存在，可是当她一出现，过去的东西全都一股脑儿地涌现出来，就像是冲破一层透明纱布那样。

在我认出她之后，我没有着急回应她，只是看着她微笑，在心里感受自己的惊讶。惊讶于这次的偶遇，惊讶于她的美貌，以及那美貌之上岁月赐给她的炯炯有神的，叫作幸福的东西。

这幸福也并不是孤零零的幸福，而是被某些事件打得粉碎，经过拼贴和重组后的幸福。

我说，你好，好久不见。

看到这里你可能会奇怪，我为什么会使用这么多这样矫情浮夸的言辞来形容妻子之外的女人——并不是我对她存有欲念，而是我要告诉你：这次的相逢，使我一夜未眠。因为我无法形容地清楚自己当时的羞愧和震惊：我忘记的正是这个我无意邂逅的女人，我忘记的是一个无论如何都算是对自己非常重要的人。

我曾日夜辗转被那麻花辫困住，曾日夜后悔为什么没有留住她，为什么没有送别？所有被我一遍遍反复在心里放大的关于那条麻花辫的光亮和缠住我心魄的力量，它们逐渐堵住了我那时年轻的心口，使得我无法呼吸，使我在凌晨时分一下子从床上跳下来。

我还曾经试图把那条辫子画下来。

我不是要成为一个画家，我也没有使用色彩的能力，我只想把它记录下来，使它不要在半夜时分一遍遍折磨我。讽刺的是，后来我把它画出来了，我便真的很快就忘记了它。如果不是我如今遇见了它的主人，我一辈子也不可能记得起它了。我无法分析得清楚这其中所揭示的意义，你看看，这就是我为什么没成为一个作家的原因啊。

我爸一直反对我当厨师，这也不奇怪，他对他儿子的天赋方面的判断是准确的。据他说，小时候抓周的时候，我可什么都抓不起来。他的反对一直保持缄默的姿态，直到他去世。对，他在前年突然心脏病发去世了，那一年好像死了很多人，身边的人，电视上的人，好像死亡会传染，一个人的死会带动另一个人的死，而这些死亡的信息提示了他们的存在。活着的时候他们常常缺席，死亡却像是一种仪式，一个 party，纪念他们与这世界曾经如此欢实亲密，死亡将他们重新拉回这世界之中。

看了你的诗我就在想，有没有可能你的婚姻失败了，大概不能完全怪他？因为你们的痛苦不一致，你们一定是这样。亲爱的伙伴儿，这么说大概会伤害到你，男人们如果离开一个完美的妻子，多半是因为这完美将他本身扼杀了，将他严格地监禁在一个不流通的地狱里。

你离婚的事令我惴惴不安，但我也只能说这么多。我想这是我现今唯一无法帮助你的事了。

我最喜欢的作家毛姆写过：

"世界是无情的、残酷的，我们生到人世间没有人知道是为了什么，我们死后没有人知道到何处去，我们必须自甘卑屈，我们必须看到冷清寂寥的美妙。在生活中我们一定不要出风头，露头角，惹起命运对我们注目，让我们去寻求那些淳朴、敦厚的人的爱情吧。他们的愚昧远比我们的知识更为可贵，让我们保持沉默，满足于自己小小的天地，像他们一样平易温顺吧，这就是生活的智慧。"

与主角"斯特里格兰德①"相比，这是一个紧紧追赶生活的渺小的人物的告白，在整部小说里他悲哀得不值一提。但我想毛姆塑造这个人物的目的并不只是传递悲哀。我恰恰就是这样的人，哪怕是悲哀呢？悲哀至少不是空洞。

老朋友，我突然更加认识到你的珍贵，没有你，我便没有机会说出这些话，写下这些字。谢谢你。

盼回信，说些什么都好。如果你有什么生活上的困难，我可以尽我所能。PS：谢谢你的诗。

你的树

四周的天空在一小时之内变幻了好几次色调，从葡萄

---

①斯特里格兰德，《月亮与六便士》中的男主，因为自身画画的梦想放弃原有富足生活的不为世俗接受的怪胎，是怪胎亦是了不起的伟人。

柚色变成了宝石蓝色，一会儿又变成了蜜瓜色。

陆树觉得什么东西在自己头上罩着，使得自己的意识像一缕缕烟雾，接着有液体从左边的太阳穴倏地滑下来，他用手背抹了一下，是黑色的血，紧接着，大量的黑色的血疾驰而下。他的脸上甚至不觉有一丝微风掠过，他没有疼痛也没有恐惧。

有一只鸟擦着自己的头顶顺着绵延的白色沙滩向雁塔山的方向飞去，他抬起头看着。

薛亮和杉山、虎子、雅子几个男孩子将自己围成一个圆，木棍子在雅子的手指尖垂着。

"他醒了。"

"亮，现在咋办？"

陆树看着薛亮，薛亮看着陆树。

四周一片静谧。

"走吧。"薛亮说。说完他转过身走了。

过了十几秒钟，雅子把棍子扔在陆树的腿边。

其他人也跟着他转身离开。

陆树看着地上的棍子，摸了摸自己的头，是哪儿在疼呢？

"我要补偿你。"W 说，试着吐一个烟圈。

"因为我被你男友打了？你从哪里弄来的烟？"

"我爸给我的。"

"瞎说。这个烟得100元一包。"

"是真的，他说我在外面搞到的烟对身体不好，不如抽他的烟好。"W从书包里取出一盒烟，扔在桌子上。"这个给你，这个烟我家多的是。"

坐在对面的一男一女忽然停止了说话，女人看着W，既吃惊又厌恶的表情，W也望向她。停止说话的举动本身就过于喧闹了。

"我不要。"陆树把烟扔回W面前。

W扔回去，陆树又扔回来。

W沉默了几秒，烟蒂上的光亮猛烈地闪烁着。

"你有没有想要的？比如要我？"

"什么？"陆树说。

"你听见了，你可真尻。"W叫道。说这话的同时她用脚踹了一下陆树的凳子。对面的女人再一次蹙起眉头看她一眼。

陆树在心里嘘了口气，他感到难堪，感到兴奋，但更加惴惴不安。他知道自己渴望W说的事情，但是他也很清楚，虽然是同一件事，他想要的，和W能给的，完全不是一回事儿。

他下意识地要抓住的东西使他心里阵阵唏嘘，欲望和小小的尊严彼此之间敲着竹杠。他刚刚下定决心。W 忽然站起身——"上星期我的钢笔坏了，怎么样也不出水，后来妈妈给我换了个新的。直到昨天晚上我才想明白了，我需要一支写不出水的笔，用来写那些永远也不用写出来的字。"说完之后在桌子上扔了一书本，然后把那包烟扔到陆树身上，向门口跑去。

路过对面的桌子，W 把手里的烟蒂按灭在对面女人手边的桌子上。

女人马上开始在 W 的背影中骂咧起来，叫嚷着要见这家餐厅的店长，叫嚣着要他管理一下有这种无耻行为的客人，她觉得餐厅应该提高辨识度，将客人合理归类，安置在不同层次和级别的位置上，她甚至很快提供了一些策略，用来"辨识"那些贫穷的、不要脸面的年轻人。

"如果你看着有年纪不足 20 岁的一男一女勾肩搭背地走进餐厅，你应该想方设法地将他们赶出，他们会影响这里的发展。他们甚至花不了 20 元钱，但是会给你造成超过 200 元的损失。"前来处理事端的经理对她频频点头。"他们是过来早恋的，太可笑了，你们的餐厅没有义务给他们提供这样的场所。"

在 W 把大门推开的一瞬间，午间的阳光显然像是早就守在门那边锵锵作响，它倏地一下钻进门里，将里面的人都吓了一跳。也叫醒了陆树的回忆。

可是，W当时扔给自己的那本书，是什么呢？写了什么？自己有看过么？意识沉入海底，不知所踪就像高耸的船桅被海风卷得不知去向。

陆树被自己剧烈的咳嗽惊醒，他用被子捂住嘴，把咳嗽生生咽了回去。这场梦境经历了新的弯路和倒退，带着忧郁的微笑，使他心跳得厉害。他轻轻地翻转身体，妻子的脸朝向自己，微微地打着鼾。

他想着自己为什么鬼使神差地要对五夜撒这种谎言——自己是一个厨师。但从另一个角度来说，如果一个谎言说得那么在所难免，它就是必要的。

自己是一个厨师了，在五夜的记忆里，自己还很有可能成为一个作家——一切全靠他愿不愿意！这个谎言有多令他羞愧就有多令他心安。尽管此刻它令自己慌乱得睡不着觉，他还是很高兴五夜的出现使得这个如魔怔一般的臆想终于有了一个几乎是完美的归宿。不仅如此，更因为它还可以被自己编排得有骨有肉，走得更远——在这之前，这个蠢蠢欲动的想法像是一个隐形人只是一道道微弱的闪电。

我是一个厨师，我是一个厨师。

他轻轻下床，拉下百叶窗，打开收音机，里面正在放着芬兰一支摇滚乐队的成名曲，主播慷慨陈词地推荐它在上周的排行榜上多么风光。这是一首颂扬爱情与自由的奏鸣曲，它的卖点在于它的创作者在写下它的第三天就自杀了。旋律正盛处时妻子的鼻腔里发出沉闷的巨大呼气。他很害怕她就这样醒来。他也不知道他是该立刻关了收音机还是继续开着来保证妻子不被吵醒，天空漆黑一片，没有一丝星光，还下着蒙蒙细雨。

树，你好：

这三周我在忙着搬家，我搬到了一个好地方，离之前的公寓也不太远，绿化非常好，很安静，随信见公寓照片。

我一直想着，当我和你谈论男人和女人关系的时候，你会站在你的角度还是站在我的角度发言？而你的观点又是什么？就像我们过去无数次争执的那样——谁该在什么时间做些什么，而谁错过谁做过的什么是否可以被原谅——无非是这些。

只是对于那些时候的我们，一切都是预先被原谅的，一切都提前被允许了，所以我们的探讨才肆无忌惮，所以我们才有了分别。

我们也终究不那么年轻了，当我在商城购物的时候，导购小姐不会再积极地引领我去 new arrived。意外发生了，我也不用假装平静，不用下意识地教导自己不许在陌生人面前东张西望，当我看见事情的真相也不会恐慌地躲避起来。但你知道，所有这些都是徒劳，因为终究还是我自己观察到了它们的存在，我还在自言自语喋喋不休，和很多人很多事较真。上个月我发现自己嘴角长了一条新的皱纹，我用橄榄油使劲地擦呀擦，用手指去平整它，不敢轻易为哪个笑话咧开嘴巴，可它仍旧不痛不痒地待在那里，没有进一步也没有退一步。我想，它会在我终究淡忘它的时候才进一步，女人们都是这样老去的吧。

当我想和你谈论"爱"的时候，我会忽然丧失立场，就像是我马上要参加一个酒会而完全不知道自己该穿什么一样。爱被太多盛大的思想包裹着，也像是一个自由散漫的神灵。谁也别指望年纪越大就会越接近它，很可能你会在 13 岁遇见它，或者在 40 年之后与它擦身而过，无论你们相处得怎样，它也没有驻足在你生活里的义务，婚姻生活中大多不快乐就源于此。人们普遍认为使人感到痛苦的东西都是罪恶的，但真相恰恰相反，甚至这真相本身都是无法确定的。

我想我们只能说，爱具有生命力，它使得人们变得有吸引力，大多数都沉迷在那些吸引力中无法自拔，执念于因这吸引力而许下的诺言。当问题发生了，人们又会回过头最先去责怪爱。

难道不是吗？不过是人们一开始就找错了寄托对象。

看到这里你会不会这样问我——我既然如此清楚，又为何不懂经营自己的婚姻？说实话，如果问出这句话的人是你，我真不知该如何是好了。我本来也就是在他们之中从未离开过。和所有身处婚姻中的人一样，我没法眼睁睁地看见事情以它自己的轨迹发生发展，我总不能容忍当初迷惑住我的东西明目张胆地毁灭掉，当初自己预料的所有糟糕事情一件不漏地发生了。

我做不到，我肯定要争取，但是树，我没有沉浸在婚姻中不能自拔，我没有这么蠢。我只是想改变一些事物，在它们身上留下我自己的痕迹。仅此而已。当我在早餐的时候，我就坐在我先生的对面，而他永远不会记得我在那顿早餐中吃过什么。我也曾试图在他看起来空闲的时候给他讲一个我以为很像样的笑话，或者告诉他我最近看过的电影有哪些对话让我想发笑或者流泪。在我说这些的时候，他的表情看上去很复杂，他笑得意味深长。我本以为这应该是他对谈话内容很感兴趣的表现，直到我发现，他在听他最爱的巴洛克音乐，特别是小提琴协奏曲和管风琴曲的时候，他在品尝他最爱的意大利风味卷和日式煎饺的时候，他一个人把自己关在书房读他最爱的东野圭吾或保罗的小说的时候，他都是平静的——我的意思是，他看起来充满了平静。我从这枯燥的表象下看见一个澎湃的灵魂带领他蜿蜒前行。

也就是说，他是一个善于消化自己情绪的人，他不善于或者说不习惯将其表露出来。也就是说，他对我的"热情"都是他的表演，都是他要求自己做的事！他是个骗子！虽然他无意欺骗我，只是擅用这一套方法罢了。毕竟，有太多的人害怕真正的自由而宁愿选择幻觉。但我无法忍受，我夜夜失眠！在夜里盯着自己的痛苦，快使我发疯了。半年前我开始看心理医生，我的医生姓柯，这和我在淮恩城上中学时我的语文老师一个姓。这个姓氏将我温和地推入痛苦中。而我知道其实这份痛苦是我迟早要会面的东西，就像波德莱尔说的那样，时间是个贪婪的赌徒，从不作弊，每赌必赢。

经过她的帮助，我开始越发地记起过去的梦境。

第一个梦是这样的：我又回到了淮恩城，回到了小时候的房子里（这肯定不是第一次，说实话当我身处那个环境的时候我就知道自己在梦里了，在我第一次回去的时候。梦里的那些秘密几乎割断了我与之前与过去之间的联系），坐在了那张黑色绒面的沙发椅上。但沙发变成了黑森林蛋糕做成的，我贪婪地拿着勺子舀出一口来，再舀出一口来，被我吃掉的缺口会马上自动填满。只要我回到这个梦境中，我就能毫无顾忌地享用黑森林。没人知道这个秘密，我也不可能与任何人分享它。但是我也有一个相当恐怖的预感，虽然不知道它何时真正到来——某一勺舀下去，沙发忽然停止自动生长，那个缺口就那样长在那里——我就无处可藏了。

如果那样的话，一切都完了，我没法继续活着了。

另一个梦是：

我在去挪威出差的行程中遇见了我的小学同学，那是我父亲出生的那个村庄上的后代，一些和我一起在淮恩城上学的农民的儿子一路站在我经过的所有街道。我低着头从他们身边走过，假装不认识他们。我不想和他们攀谈那些我并不熟悉的话题，那些河道，那些传说，我没有办法通过交谈加入他们，我既想被他们接受又不允许自己成为他们的一部分。我怀着复杂的心思路过时，没有人对我指手画脚，每个人用眼睛看着我。一个孩子自言自语地说："他是我们村的，他的父亲是……"我羞愧地加快着脚步，但无论我向前迈出去多少步，他都站在距离我前方不到20米的位置，像是对着我又像是自言自语地重复着那句话，"他是我们村的，他的父亲是……"

我想不必我多讲，你也能料想得到我的困境。我开始混沌于真实与谎言之间，我会被哪一方所倾覆，梦境所给予我的答案往往超出了我的问题。

我出身于农村，这有什么好丢人？这不代表我出身贫穷，我想不出什么理由值得我觉得自卑，但是我就是无法坦诚，就好比在我的自身还有一扇大门尚未被打开，我只知其存在而并不知通向其的途径。我无比清醒的时候都能看见它的存在，它长着一副该死的傲慢模样。其他时候它就像一项旧帽子，那么反常，那么陌生，就连我自己也认不出自己了。

这个话题今天就在这里停止吧——除了我这倒霉的事情之外，我忽然想起一件让我开心的事情，我听说这个月的 20 日有日食！我好高兴！还记得吗？以前我们决定第一次见面的时候就是相约一起看日食，结果我们却阴差阳错约错了时间。然后就居然一直再没相见。

气象预报说日食在午时三刻发生，你那里也能看见。我太高兴了！自私地说，我愿意与你分享所有我的秘密，你知道的，一个纯粹私人的秘密具有破坏性的作用，它就像是一个犯罪感的重担。与其说我信任作为读者的你，不如说我信任作为秘密保有者的自己，选择了你。

亲爱的树，你认为我们能超越哀伤吗？它能够终结吗？如果它终结了，我们还需要爱情、信仰和观念吗？

明天在发给你这封信之前我一定会好好检查一下错别字或我的这些疯狂的辞藻——我不羞怯于自己揭露自己，只担心在你面前。

哈哈。

那个时候，我们都喜欢读克里希那穆提①的书，因为你喜欢的老师喜欢他，而那时的我们还没来得及认识自己。"寂寞是什么呢？为了要了解它，你不能给它一个名字，正因为命名，带来其他相关记忆的思想，加强了寂寞的感觉。你可以试试看，你就会明白。当你停止逃避的时候，直到你了解寂寞是什么的时候，你就会明白，你所做的事，无非是逃避的另外一种形式。只有经由了解寂寞，你才能超越它。孤独的问题是完全不同的，我们从不孤独，我们总是与人在一起，也许除了当我们单独散步的时候。我们是经济、社会、气候和其他环境的影响下所产生的结果。而且只要我们受到影响，我们就不孤独。只要有累积和经验的过程，就不会孤独。"这段话是从当年你写给我的信里找到的。那时我们才多大啊，怎么可能懂得孤独？但我想可以确定的是，正是我们那么喜欢这些文字，才使当时

陆树的五夜

①克里希那穆提，印度诗人及哲学家。

的我们那么孤独。当时的我们，是比其他孤独的孩子更孤独的。

晚安了，我又喝了不少。我最近爱上了一款白葡萄酒——它的名字叫巴斯克卡本妮苏维翁，不过你不用记得它的名字，反正一个月以后我肯定会有新欢。期待有机会与你痛饮。我还是会失眠，夜晚一次次把我带回过去的时间，我觉得是它的良心在作祟，但很可惜那不是我的良心。过去的事情一到白天就隐藏起来，一到晚上就现形。

祝我们有好梦，有好的明天。

祝你一切顺利，盼信归。

五夜

陆树的五夜

春天到了，大自然一片欣欣向荣。

"这个月 20 日我们去坐游轮吧？塞班岛？"妻子在把一碗粥扔到陆树面前之后对他说。

陆树马上没有了胃口，妻子的提议着实突然，况且，这个月到账的项目提成还不够抵付房贷的一半，要支付五位数的游轮费用就意味着他要再一次透支信用卡，并且心惊胆战地看着妻子在游轮上点下制造浪漫气氛的波尔多酒——他知道她绝不是奢侈的女子，在平时的生活中绝不过分地浪费钱。在认识自己之前她喜好大量地饮酒和女同伴结伴收藏全球各地的面膜，她会第一时间买下专柜上新的限量款手链。她过得很安逸。他想起他们初始之时她在他面前显得魅力十足，她表示他们以后在一起的日子里，她将永远不会使他为生活为难。

但每年的春游是自结婚以来的家庭习惯，他没脸向她宣告自己的窘迫，无疑都是老调重弹。

"好呀，咱们去哪儿呢？"他喝了一口粥，无法辨识自己当时的情绪，反正它所赋予他的力量，从来都是不明确的。

"如果公司给我 10 天假的话，我们就去塞班岛。我一定得去。"

"为什么？"

"因为张 S 去过。"

"张 S 是谁呢？"

"是我新认识的一个女的。"

陆树特别想问妻子，为什么她的朋友去过的地方，她也要去？但他问不出口，因为他从来都没有朋友。

"可是我听说，那几天有日食。我觉得，我们应该看一看。"

妻子用舌头舔了一下黏在中指指肚上的番茄酱："如果是这样，我们更得离开这里。在黑漆漆的白天，我们难道要睡觉吗？"

不知道什么时候开始，妻子开始习惯用反问句，这样一来显得她嘴里的话都是对的，都是有理可循的。而陆树也习惯了。在他看来，既然妻子对自己如此不满，那么她直截了当地将其表达出来反而是一种平衡，让他有安全感。他喜欢自己觉察到这些，然后对它们抱有谦和之心。

如今这些在陆树看起来像是所有女人对男人所持的不

切实际的梦想，这种梦想从一开始就会毁了生活，毁坏的程度之深就像任何其它曾经毁过她的事情那样。

陆树曾睥睨过那些他没看见过的东西，他肯定自己了解那是怎么回事。他有信心击败一切现实的困苦，但是那些他心无所系的被隐匿起来的东西使他精疲力竭。可他每每感受到有什么东西痛得撕心裂肺，觉得它就要弄垮他的时候，痛感却戛然而止了。

生活从不会降临给人无法承受的东西。痛苦总是在人们还没有全然融入它的时候消失，这不是乐观主义的自恋自艾，陆树想，而是当酒阑席终你必须选择的用来奉承明天的方式。相对真正的灾难而言，现实中他所经历的只是小菜一碟，如果情形持续下去，不再恶化，他则并不用担心什么。

如同所有别的东西一样，正因为你了解这是怎么回事并曾跨越过它们，那些大凡你跨越过的东西都会成为你人生经历中的正面教材，但如若你被意外伤害，你就会责怪它们想得不周全。

所有干涸的感觉都是来源于精神的垂死。

"我决定去看日食。"陆树斩钉截铁地告诉自己，"不管她怎么决定，我已经决定了。"他悲壮地干掉碗里的粥，想起五夜在信中问他："你认为我们能超越哀伤吗？"

妻子总是占上风的，他们刚刚结婚的时候妻子就是这个家里拿主意的人，大小事情——大到买家具，小到每个周末的例行聚餐，该买什么，去哪里吃最后都是她说了算。一开始陆树觉得这是无所谓的。直到有一天他发现妻子的意见成为理所当然正确的选择，连他自己都分辨不清了。

三个月前陆树的妻子刚过 37 岁的生日，其实她算是漂亮的女人，尤其是她被那些漂亮的大衣和皮包包裹后显得精致极了。但是她明显比这个数字老，老的脖子和一副生硬的腰腿。

她不喜欢运动，也不喜欢笑，不喜欢照相。因为照片里的她的脸总比自己预料得不如意。大概她也清楚照片不会说谎，镜子则显得讨人喜欢得多。

天气好的时候妻子会长久地在日光下对着镜子，检查脸上的皱纹。当然她以为并没有什么人发现她这一爱好。她自己其实也清楚，由于花了大把的钱在保养上，她连一条像样的皱纹也没有，陆树猜测她之所以能够对自己保持这样高傲的批判态度，大概也是由于这一点。她很快地老去了，虽然脸蛋没有着急拖着她奔向仓皇。

陆树不喜欢这张脸，这是妻子嚣张跋扈的根源，他坚信。如果连衰老都不能明明白白的，那么岁月还匿藏了些什么本来它应该交给人们的东西？陆树不止一次地看见，妻子急匆匆地褪去外衣、胸罩，用最快的速度换上睡衣。完成这一系列的动作之后，她就恢复了懒洋洋、慢吞吞的动作，眼神仿佛刻意避开身边的穿衣镜。她是厌恶自己的身体呢，还是避免观察自己的身体？她可以通过不观察，来拒绝自己与十几年前的自己的身体对比。

陆树猜测妻子比其自以为的要悲观，她自己也不敢相信，其实她的乳房和10年前一样，一点儿都不曾改变，就像她自己的脸蛋一样。它们比它们的主人更坚挺，更经得起时间的折腾。

陆树记得很久以前她是那种令他疯狂的女人。当陆树向她求婚的时候，他准备了一束迷人的鲜花，在海外订购了一枚皇室品牌的70分的黄钻戒指，说实话做这些事情只是出于这个形式的必要性，谁都知道他们一定会结婚。他势在必得，他所想的只是今晚之后的事情，他口袋里剩下的钱足够支付的蜜月行程远远够不着欧洲，顶多在东南亚的小镇上多待几天，给她买一些像样的小玩意儿。对了，他在网站里浏览过印尼的伊斯兰小镇，他碰巧看到一张桃花心木的桌子，一块漂亮的彩色小地毯，看上去都是店里最好的货色。它们不会超过五位数吧？管他呢，陆树想，也是值得的。他将手伸进自己的衣服口袋摸一摸那个真丝绸缎的黑色小盒子，整个人立刻被收紧了，他对自己的反应肃然起敬，为自己的焦灼和担忧感到幸福。

"陆树，有件事我得告诉你。"

在他将那个小盒子推到她的面前，用一种足可以打动所有人的声音问她愿不愿意嫁给他时，他的话音刚落她就立刻开口讲话。她的声音先于她的情绪，她的肢体语言，甚至先于她的想法，先于她所有的意识，看上去她早就打算要说那些话，不管陆树先于她讲了些什么。

"我怀孕了，"她说，"我得生一个男孩子，很多年前我几乎就可以生一个男孩子了，他在我肚子里待了193天之后离开了我。"她说，"现在是我唯一的机会。我再说一遍，"她说，"我是要给自己生一个孩子，这个孩子大概是你的，但也可能不是你的。在你向我求婚之前两小时我刚刚知道了这个小东西的存在，"她说，"在决定和你结婚之前我已经提前决定了要生下他，所以我没有选择。倒是你，你还有得选。"

陆树在那一刻意识到自己刚刚开始爱上眼前的女人。

虽然自己和妻子都没有对儿子声张过他不是自己亲生的，儿子天然地和陆树关系疏远。儿子学习不算是好的，但学习英语似乎天赋异禀。只是他和同龄人相比似乎沉默得多，心思长在远方，不容易投入当下，仿佛能看透在学校里学习对自己今后的意义，明白学习成绩是他不得不用其来与家里相处的工具，但仅此而已。在饭桌上，当陆树试图给儿子夹一块肉，筷子路过儿子的碗最终还是抵达了自己的碗里。他做不到，甚至不要说亲亲热热地在一起说一些心里话。他知道自己的感觉——他害怕看儿子的眼睛。

那一看就不是我的眼睛，陆树想，他的眼睛使人感到害怕。

在最近的 10 年之内，妻子几乎没有改变过房子里的任何东西，她很爱整洁，总是把东西放回原位。但没有东西是她真的在意过的。有一次陆树不小心打破了他们结婚时无意中从古玩市场淘回来的意大利骨瓷摆件，惴惴不安了一段时间，直到自己都快把这件事忘记了，妻子也一次都没有埋怨过他。他认为，妻子并不记得它们，就像她之于她的家庭那样。十几年过去了，这些房子里的每一个物件，每个杯子，每个碟子，每只盘子，都随着这房子一起经历过很多次不可避免的解体过程，烧焦的食物把厨房的炉灶弄得锈迹斑斑，盘子没有一只是完整的，茶杯底部陈年的茶渍已经没可能彻底清除干净，恢复原来的样貌；碗橱里孜然粉、花椒和胡椒粉以及生虫的面粉、发霉的曲奇，变成一块块坚硬固体的白砂糖，因为常年不拧开而无法再拧开的番茄酱罐。

沙发套大概有八年没有换过新的了，上面浸满了各种生活的痕迹——想当年它还是用高级绸缎和俄罗斯立体刺绣花纹拼贴起来的高级货，现在它破烂不堪，连一块像样的地方都不剩。之前每过一年多妻子就会大动干戈地把它拆洗一遍，后来因为这项工程太过烦冗，就被停止了。

实木家具每到冬天都会在晚上发出噼噼啪啪的巨大的断裂声，多年下来已经形成裂缝，高处的家具蒙上了灰尘和蜘蛛网；尤其是很少被使用的书架；淋浴器时好时坏，没人修得好它。

而它坏的程度总是还没到不得不丢弃的地步，于是这么多年也就一直这样使用着，具体到这家里的每一个物件，都不致使人觉得破烂不堪，但是当人走入其中就会有无限的沮丧感。在这个房间里的人待的时间越长，越会觉得生活在找各种理由拖累着他们生命的发展，因为任何一种新鲜的感觉都会很快融入这平淡无奇的空间里去，成为其一分子。从某种意义上来讲，这空间里的所有东西都是人不想深究，不愿知道的具有揭示性的东西。

它们的存在亘古不变，永无止境。

陆树躺在沙发上，一边想着黑白的现在，一边想着五颜六色的过去。一段段连绵不断的杂乱的时光，一些无意间碰撞在一起的肩膀，头脑里积累了一大堆说不清从何处而来的东西。

有一件粉色的 polo 衫，是那种非常好看的樱桃粉，妻子曾经穿着这件 polo 衫，站在阳光下等着他。一头黑发从前向后梳，低低地在后颈窝绾了一个发髻。她脸上发着亮光，这亮光一半来自于外界光线的投射，一半来自于身体里的爱情。她坐在餐桌的对面，轻蔑地说，这个女孩子就是想来一场恋爱，但她真虚伪，我不喜欢虚伪的女人。

他的思绪终于熄了火，同时荡漾起一圈细微的，令自己心满意足、舒适的涟漪。

陆树决定满足妻子的愿望。他重新规划了一下自己这个月的开支，生活也不是完全过不去。

"我们可以商量商量行程。"他试着与妻子沟通。

妻子抬起头，她的肩头被太阳照得发亮，但是脸色停在暗处，"怎么个商量法呢？"

"或者日食结束以后，我们再一起去济州岛还是……塞班岛？"

"那样在路上就要多耽搁一天，我们没有那么久的假期。如果你真那么想看那个什么鬼东西你就看呗，我和儿子自己就可以去，真心想去才会玩得开心，不是吗？"

小夜：

　　……我决定不去看日食了，儿子一直吵着要去看大海。我和妻子商量过后决定去塞班岛。大概对一个家庭来说，拥抱阳光比背弃阳光重要得多……

树：

　　……我最近一直有一种冲动，想要见到你，提着行李箱去你那里。和你面对面说话，或者我们什么也不说，就一起吃一顿饭罢了。

　　但是我害怕给你带来麻烦，也给自己带来麻烦，我太依赖你了，我不知道这是什么，我害怕这是爱情。但是这真的是爱情吗？应该不是吧，你对我来说就是清澈的鹅卵石，沉淀在我最清澈的心思底下。而爱情是被谎言浸润的泥土滋养而生的。所以，我们，还是不见面的好吧……

小夜：

　　……今天这里下雨了，我想到了你。但我不确定这是因为想念你。我怎么会想念你呢？你不是一个我可以具体想念的人。我没有听过你的声音，不知道你的样子。昨天晚上我一个人去吃饭，一个女人莫名地让我觉得想到你。她坐在我的对面，慢慢地吃着蛋糕，啜着玻璃杯里的果汁，我的目光紧跟着她的一举一动简直不能自拔，那一刻我对你产生了蓬勃的想念。她洁白的双手、她的脸庞，都让我联想到你。她看起来是那样地亲切和温柔，完全就是我想象中的你。

但是我没有走过去和她说话——不是不敢，而是不想。因为我想离你更近一些。就像现在这样，我们说着真实的话，看见对方真实的样子……

树：

前天晚上做梦，我梦见你坐在我的书桌上。踢着腿，笑眯眯地看着我，就像一个 17 岁的孩子，就像我们头一次通信那样。羞涩得欲言又止，很快又无所不谈。我们说崔健，说周星驰，说顾城，说四大天王，说莎士比亚，说自己偷偷喜欢的人，说自己想象中的婚礼，说自己许的生日愿望，对酒精和性的好奇。从梦里醒来的一瞬间我被自己想哭的欲望憋得难受。后来我问自己，为什么要哭，没有答案。再后来我想了想，我觉得大概是因为，曾经的那些愿望和想法如今我们差不多都实现了，然后现如今再没有什么愿望可以许了。当时我们以为幸福在那些愿望里，现在我们才知道，幸福就在那时那刻，在我们许愿的那一瞬间。

春分刚过，陆树迎来了一年中最忙的时候。他没日没夜地改客户退回来的样稿，没日没夜地回邮件。但是陆树的生活有了新的指望，他开始注意路上腐朽的碎树皮，趴在枝头上的葱翠的新花，树干上排成梯形的菌菇，屋子墙壁上的斑驳。这一切都是五夜带给自己的，五夜本人就在这意外之中。他惊讶于自己编故事的能力，他能毫不费力地描述（编造）一些人——存在或者不存在的人的情绪，他们和自己的相处，那些耐嚼的细节。他向五夜描述自己的厨房里的趣闻：上星期厨房来了新的学徒，是个会弹吉他的年轻人，下午 3~4 点休息的时间，他总会给大家弹一首曲子。那些好听的英文歌他从来都没听过；或者，很多客人点名要他为他们制作蛋糕，他为一个女客人定制的结婚蛋糕让其感动落泪。作为"厨师"的陆树，日日辛苦但日日幸福。他很乐于刻画那些文字信息——"17 年西餐老店""香浓蘑菇汤配黑菌、巧克力熔岩蛋糕、小牛排配巴黎黄油汁""米其林三星主厨老板"。与其说这信息极大地满足了他的虚荣心，不如说创作这些文字本身舒展了他的每一条筋肉。这些假设充满魅力和信服力，使这些被描述出来的日子闪闪发光。这些事和人仿佛天生就在那里等着他，仿佛那些他几乎不用刻意编造就存在的线索里面，天生就有他的生活。

他开始存在于某种奇怪的、丰满的状态中，一面做着原来的自己，一面活在新鲜有趣的"自己"中。前者是无法改变的日子，后者是天马行空的梦想。给五夜回信的时间，是会议室空闲的下午 3 点，是在拥堵地铁里的早上 7 点半，是临睡前小酌时间的凌晨 1 点，是例行便秘的马桶上的 15 分钟，他把谎言装进花篮，给时间穿衣打扮。他也陆续地知道五夜的消息：旅行、购物、搬家、恋爱、离职创业、创业失败，开花店，失恋，再恋爱，准备结婚。

一年之后，儿子要升高中了，妻子要求陆树为儿子选一个好的学校，而儿子要求出国留学。陆树则加着一模一样的班，偶尔出去喝酒聊天，他的朋友们也和他一样过着老一套的生活，谈论着老一套的烦恼。有时候他们见了面，不等对方开口，他就知道他们要说什么话，就连他们的桃色事件也都是枯燥乏味的老一套。陆树知道，他们就像从终点站到终点站往返行驶的有轨电车，连乘客的数目也能估计个八九不离十。五夜的信从每月一封变成了每月两封，并且她的信会准时在每月的固定的 3 日和 25 日到达。

日子沉默而美好地在延续，直到陆树收到五夜的某一封信。

他是在次日的下午打开那封信的，当时他正在和一个新认识的客户喝下午茶，而对方在接没完没了的电话，最后在陆树等待了其将近 20 分钟的工作电话之后，对方抱歉地示意其要先走了。对此陆树倒是习以为常，于是他从包里掏出了今早收到的信。反正在这空无一人的自由时间里，时间有很多。

树，你好：

  抱歉回信晚了这么久，最近我经常出差，出差在国外又总是遇上雨天让我很烦恼，你知道的，我害怕雨天，尤其是在无处可去的陌生的地方。记得我的小学老师教我们如何写信，总有一些方法和技巧，比如在开头的时候要问候对方，问候对方在意的人与事，可以聊一下天气和想念，对操控和平政治的人表示感谢。

  现在想想真是扯淡，我们从来都记不得信开头那一段在讲什么。针对你的回信我只想传达一种感受，如今你的妻子在与你结婚这么多年之后，仍然愿意陪你一起看日食，你们一起为这伟大的景象欢呼——我都能想象到那个画面。我想不出你的生活还能怎么更好了，剩下的只有嫉妒了。

  然后对于你们的旅行，要预祝你们旅途愉快，多么希望我能在旅途上与你们碰面，我们一起喝一杯。

下面我想直接进入主题——进入我想同你谈论的纠缠我的，令我痛苦万分的一件事。（原谅我总是迫不及待地需要你的帮助）

我父亲继我母亲去世两年后，也在一年前去世了，说起来可能你不会相信，时至如今在某种程度上而言，正是他的死去使我在我和丈夫离婚这件事情上得到了勇气。（原谅我本来没有打算告诉你，又突然莫名其妙地提起）探究他的死这件事使我逐渐有了独善其身，只向往着前面的生活的力量。

他死得很突然。那是一个冬日的周六早晨，当时我正在厨房给我先生准备早餐，楼上我5岁的女儿嘟嘟还在赖床睡懒觉。当时我满脑子里想着明天可以带嘟嘟去哪里滑雪，行程距离和价位最好都合适，并且在滑雪结束后我还得赶回公司完成南方那边紧急的方案——周末之后就是客户的考核期。

这些麻烦的事情使我的头皮发紧，一点儿也不能轻松。然后就在那个时候，电话铃突然响了。是家里的座机电话。我心下一紧，知道有事发生。家里的座机只有老家的人知道，而这个时间正是父亲去公园晨练的时间，他不会无缘无故不去晨练或者在这个时间给我打电话，除非——有事发生。

电话那边的人向我确认了我与父亲之间的关系，然后他用与之前相同的口吻向我报告了父亲的死亡时间和地点，请我回去办理后事。

我记得很清楚自己当时的感受：我的左手上正端着一盘正要放进烤箱的面包，右手拿着电话，在对方挂掉电话的很久一段时间之后我都维持着这个姿势没有改变，大概是因为我无法很快融入电话里的信息中去，也不可能再回到现实生活中来。当然我也没有像电影中演的那样——痛苦如电流一般席遍我的全身，把我手中的盘子倾翻在地，我在碎片废屑里哭到腿软。

早饭结束后，我把消息告诉我先生，然后我们决定坐当天晚上的飞机赶回我的老家。

在我们收拾行李踏上回淮恩城的行程之前，我都处于一种奇特的状态，我没有流下一滴眼泪，也没有任何确切的想法，我不知道是悲恸使我麻木还是这件事本身并未取得我的信任？我一遍遍回想发生在过去的片段及在父亲这一生中我所参与的部分，在这参与的部分中我有感触的部分以及在这有感触的部分中我能记得住的部分，所剩无几。与痛苦相比，更多的是恐慌和迷茫，仿佛父亲这一生就要在我这里消失殆尽。在飞机上，空姐向我走来，问我是否要用餐，我说好。餐盒打开，我吃了一口米饭，胃就满了。

很自然地，我想起了他。

父亲有做饭的天赋，这一点也是他和母亲离婚后我发现的。我不经常回去看他。每个月一次的探访更像是一种例行公事。唯一真心欢喜的，是能吃到他做的炒胡萝卜丝和洋葱烧豆腐，胡萝卜丝又焦又脆；洋葱烧豆腐的豆腐是用黄油煎过的，再用小火炖上一小时，把汤汁浇在米饭上吃，简直到了天堂。我能把整整一盘豆腐吃个精光。父亲很骄傲。他常常在一边看着我吃，围着我忙得团团转，问我咸不咸淡不淡，要不要加点胡椒，自己却不吃。我说你坐下吃点吧，可他总说，我上午刚吃过没一会儿，你先吃。

有时候他会下楼去烧肉的小卖铺给我买一整只猪蹄子，虽然太咸了，但是我们还是能愉快地吃一个下午。我们平时几乎不联系，电话至多一周打一次，在那短促的时间里仍会出现不连续的沉默。唯有他给我做饭，我吃饭这件事，是我们之间最顺畅的相处时间。

有时候我会在他家，发现某些潦草的东西：一张名片的背后，有个笔迹潦草的电话号码，后面写着其他凌乱的信息，类似电信、工程的联络人之类；一个放满20世纪的工厂里擅用的一些螺丝起子的抽屉的旁边，是另一个塞满使用过的旧牙刷的抽屉，它们琳琅满目地躺在那里，似乎随时做好被检阅的准备。我知道不需要给它们贴上标签，也分得清哪只是用来洗脸盆的，哪只是用来刷杯子的。

我通过这些信号了解他，并且以站在高处的姿态审视他。我得意扬扬而他毫不知情。

于是从那时开始我就计划着要写下这样一些文字，给自己看也好，给某个人也好。我必须写下来。我的好伙计，我得承认我再次给你写信，实在是因为人生到了这个阶段，到了所有的感受都必须有个出口的时候。

我和我先生回到淮恩城我父亲旧宅的时候，他已经被居委会协助着搬进了附近医院的太平间，说是淮恩城没有尸体在房间里停留超过24小时以上的习俗。于是我在那个我所熟悉的房间里没有与我所熟悉的那个人相遇。

此后也不再有。

但我必须在见到他之前先清空由于他匆匆离世而给这间屋子带来的所有麻烦：父亲那间宽敞的大屋里从未像那天一样盛满了人，亲戚们、原单位的新老同事、邻居、曾经的邻居，他们在整个房间里来回地走动，皮鞋的印迹上盖着另外一双皮鞋的印迹，直到整片地都被涂成了灰色。他们有的人彼此相识，于是便像老朋友那般开始攀谈起来，说到兴处不免哈哈大笑。姑父和姑姑一直待在父亲的寝室，试穿父亲的衣服，或者还没有拆封的新被单。他们翻箱倒柜找一条父亲的皮带，姑父一边找一边自言自语地描述着那条白色千鸟格鳄鱼皮带有多令他喜欢。

电话铃声一直不断地响，有的是物业打来的电话，有的则是类似社会保险、车险投保公司打来的电话。他们每每打一次电话，我都要向他们重复一遍我父亲已经死亡的信息。但也有时候电话铃声是因为人声实在鼎沸而被埋没了，连续三天都是如此。这间曾经最孤独的房子变得古怪而拥挤——至少对我来说，尤其是在随后两天的时间里更是如此，所有人的话题和父亲死亡这件事越来越没干系。看起来死亡与过去是同义词，人们乐观积极地面对现在及未来。

茶几上四处散落着父亲的电话单、外卖单、汽油费单据以及其他乱七八糟的票据，我注意到日期最近的是他三天前买了一套汝窑茶具，以很便宜的价格。我没在房间里找到它。我的目光不受控制地停留在一些事物上，它们或许是一个笔记本上的一行字，或许是隐藏在衣柜中一件带有气味的大衣，一包已经拆开还没有食用完的食盐，一条有着新鲜皱褶的皮带，还可能是电话机旁边横七竖八的几支笔，或许还有大半管没有使用的牙膏。它们昭示着一些过去，像是有力的证据用来证明它们发生过，故事的主人离开了，而它们则因此永恒存在于那个时空里。

主卧的洗手间还泡着一盆衣服，是一套灰色的内衣，由于浸泡时间过长盆里的水已被衣服吸干，缩成一坨蜷在盆子里。父亲一直有贴身的衣物手洗的习惯。

而如今的这个场景终于刺激到我的神经，我蹲在它的面前掩面哭泣——无声地大放悲声。

在母亲去世前几年，他已经和母亲分开居住有10年之久。我并不清楚他们是否已经离婚，我从来也没有向他们之中的谁打听过这件事，或许本来这件事就和我无关，也或许即使他们分开了，他们各自仍旧保持着过去的生活面貌，就像他们即便住在一起，他们所打的交道也就是那些而已，什么也没有因此改变，就像一扇无形的大门，他们走向彼此必须要通过那扇门，但是他们谁也没有那扇门的钥匙，他们只能碰运气——恰好门开着，谁忘记了锁门，或者，在门前偶然相遇。

母亲不止一次抱怨，她曾对父亲说起住在隔壁的张姓老人对母亲出言不逊时，父亲所表现出的无动于衷。母亲断定父亲并不爱自己，哪怕有任何一点爱，他也不会允许这样的事情发生，何况还不止这样——父亲永远不会记得他们的结婚纪念日，更别说她的生日。但是母亲弄错了一个重要的基础，父亲并不是不爱她，他是不爱任何人。他无法服从人们以爱之名而强加给他的要求——比如有关金钱的秩序，情感的彼此愉悦，生活上的互通有无，欲望的交流——如果他自己没有意识到这些东西的必要性，那什么也不可能改变他，他们甚至在开多大的燃气量来烧一壶水的问题上都争执不休。

　　记得我很小的时候，又一次父亲突发奇想，要在牛奶里煮菜花给我当早餐，他坚持这是他从哪里听到的有助于小孩子生长发育的营养搭配。我深切地记得那可怕的食物进入我口腔时候的感受，我坦率地吐了出去，然后诚实地告诉他们，好难吃，我不想吃。父亲咆哮起来，几乎是立刻，就像他专门守在那儿等着来这么一下子。寂静的早晨他的声音显得响亮粗暴——"快，都吃下去！"

　　我看了母亲一眼，她一脸焦虑，一脸愤怒，但我首先看见的是恐惧，恐惧使她僵在那里，她不知道自己的主意。我知道今天这件事我必须自己面对了，是的，我必须一口一口吃完这碗东西。从那个时候开始我就知道，这就是我在这个家的日子，我要勇敢，要非常小心，要忍受苦难，要计划离别。

　　在结束一场争执的方式上，他们的矛盾也是不可调和的：对母亲来说，如果一个疑问或者一个事件没有得到合理的解释，她是不会善罢甘休的，即便她可能会暂时放弃对其紧追不舍，但难保她不会在某个本来平静的时刻突然旧事重提，而父亲的观念是——如果他第一次停止谈论什么，他将永远停止谈论什么。

据我所知，分开后，父亲和母亲也是时常通电话的，有时候父亲会邀请母亲回家去，或者提出一些建议看看他们的婚姻能不能复合，但是我觉得父亲并不会真的打算这么做，如果这样的事情真的发生，他自己是会先跳起来抗拒的。对母亲而言也是如此，她无须回到那个家去，可如果父亲有一天不再与她谈及这个话题，不再恳请她回家，对他们一起的生活做一些计划和构想，她也是不能容忍的。他们二人长久地，依赖他们共同喂养着的这个谎话而过活，这个谎话越具体，他们就越放心，越能顺畅地过着各自的日子。

当我回到淮恩城的时候我会先去母亲家住一阵子，再计划着与父亲的见面日期。说实话，我有多好奇他现在过的日子是个什么样，就会不由自主去拖延见面的时间。当然另一方面我并不能原谅自己这样做——我在淮恩城只有半个月的时间，我越是拖延，就意味着我将遗失更多我见证自己猜测的机会。直到日期逼近，我不得不打电话给父亲，告诉他我刚刚回到淮恩城，我会马上回家里去看他。父亲说他很高兴，会等我电话。

那时的我并不清楚，关于离开，每时每分都有人在离开，只是暂时你还未可知，因为离开的距离还没有让你觉得由量变成了质。

而人是一种动物吧，永远在动。如果不靠近，那么一定在离开。我在尽可能地给自己找理由：我要组织一些合适的说辞来应对我们谈话的空缺期——就是当不得不说的话说完之后那随之而来的可怕的良久沉默；或者我不确定他的样子是否还和我记忆中的完全匹配，时间显然会改变其中某些部分，有些刻在明处，有些零零碎碎罗布在暗处，对我而言，它们全都是显性的，无论我怎么反复告诫自己，也不能理智地对待它们。它们像小刀划过玻璃时发出的声音，每一声都是刺耳难耐的。

我不想遗失任何东西，但也没有能力将它们重新洗牌、排序，再次全然接受。

最后一次回家与他见第一面，我们约在了人民天桥的东边。出门前遇上了大雪，好像整个天地都被会动的白色罩住似的。人在盛大的白色中行走，会觉得体内的谎言喷涌而出，甚至其自身就是这谎言的一部分。

在我叫到出租车前我的手机在衣服口袋里振动了一下，我意识到这是父亲的信息。但我没有及时拿出来看，一方面天实在是太冷了，一方面我又控制不住自己的臭毛病——利用我搭上车之前的这小段时间，我可以来猜一猜父亲会给我发了什么样的话——

"我已出发。"

"小夜，我已出发。"

"小夜，我会准时到达。"

想来想去，我想不出父亲能说出什么新鲜的词儿来，如果不是因为有不得不做的事要商量——我们的约会，他在平常的日子是连这样的一条信息都不发的。因为那些话最终都还长了同一个样。

坐在车上之后我迫不及待打开手机来看，我简直难以理解自己的行为——那条短信的确是出自于父亲的，内容是："小夜外面下雪了，把厚衣服穿上。"

我的鼻头一阵发紧，但我不喜欢在陌生人面前掉下眼泪，我告诉司机我的去处，然后一遍遍反复看着这条信息。

人民天桥靠近市区那间最大的中央银行，我让司机把车停在桥西的位置，想从天桥走过去。我想天这样冷，父亲一定会在银行大厅里等我。我望向那间我曾无数次路过的银行，期待在那里见到我熟悉的身影。天阴沉沉地盖在人们的头顶，地面则非常明亮，泛着白光。借着这白光，我看见了父亲的身影。

我一眼就看见了他。正对着我的银行的那一面玻璃窗由于向外倾斜了45度被雪水冲刷得极为干净，而其他垂直于地面的玻璃窗则是原来沾满灰烬的样子，父亲正站在那面亮堂堂的窗前，几乎是笔直的。

他的身影清晰而古怪地这样呈现在我的视线里，我不由得停下自己的步子来看他：

他穿着一件看似灰色实则是偏暗黄的棉绒大衣，大衣很长，长到能盖住他大腿的二分之一，不仅如此，它显然也太大了，或许是因为之前这衣服下的身体和它是匹配的，而它的主人比它先一步缩水了。他低头看着自己的手机，一定是想给我发信息，或者检查自己是不是收到新的信息。我就是这么猜测的吧，但他把它放得离自己视线很远，大概是因为眼睛老花。

一瞬间我意识到自己犯了多么愚蠢的错误，我在节制自己情感的过程中所获得的那些愉悦已经被这愚蠢严严实实地盖住。

亲爱的伙计，我在这里用文字赘述这一次见父亲的样子，搜刮词汇来描述他的衣着打扮、周遭的氛围，实际上并不是我的本愿，我并没有观察到这些。这些都不可能是我当时关注到的东西，它们只是用来装扮事实的东西。

事实是我站在桥的对面，一眼就认出了我的父亲，看见他站在那里的一瞬间，只一瞬间我就已经掉下了眼泪。（也许我并没有哭，我不确定，或许这只是令此刻的我流泪的一段记忆）仿佛我如此这般的赘述，只是为了博得你对这痛哭的理解。

琐碎的记忆实在是太零乱了，甚至我无法将任何一点痛苦纳入其中。

还有这样的一次，我选择在离开淮恩城的前一天去家里看望父亲。如同以往任何一次一样，这对我来说是个艰难的行程。

我心惊肉跳地一层一层踩着那些长满回忆的楼梯，有一些很细微的感觉拽着我，但它们又稍纵即逝。或者说因为它们彼此之间也有说不清、理不顺的关系。随着一点点地更接近那间房子，我的呼吸也开始紧促起来。我不知道自己在害怕什么。我知道荣格说过这样一段话，大概是这样的意思吧：当我不能完全控制自己时，我身体的运动就可能受到制约，我的注意力很容易分散，我就会心不在焉。

说的就是我的状况。

情绪将会把人带进原始的、专横的因果中，我更愿意将其称之为迷信，它蛊惑人的勇气，使人花费大量的气力反复验证那些显而易见的东西。"早晨，一只鸟飞进了你的房间；一小时以后，你目睹了街上的一起交通事故；下午，一位亲戚去世了；晚上，你的厨师把汤匙掉在地上；深夜回到家时，你发现自己的钥匙丢了。在这一连串的事件中，原始人不会忽视任何一个环节，因为每一个环节都应验了他们的预测。而且他们是对的——他们的正确远远超过了我们所愿意承认的程度。"（出自荣格《寻求灵魂的现代人》）

当我迈进父亲的房门，这样一连串的环节就会接踵而来，它们既使我被其迷惑住，又让我心猿意马无法关注当下：10多年的老粗布呢沙发是不是还在，它是否还摆在原来的位置，门窗呢？我住过的房间里多了什么，少了什么？我在接下来和他有一搭没一搭的闲聊中，如果不得不正视他，就不得不看见他的衰老，那么和他说话的同时我的注意力亦不能全部停留在话题本身上，我不得不花更多的精力在上次见面的回忆之中，那一次的回忆又往往会牵扯到上上次的回忆中。我将根深蒂固地陷入错乱里。

但无论我多么抗拒和厌恶也摆脱不掉，从这个房间走出来之后，我往往要用一年的时间用来反复验证自己记住的事物或情景，我敢保证其中肯定有某些具有影响未来的能力，"因为每一个环节都将应验预测"。

房子显然和几年前一样不会有什么太大的变化，甚至连那个放在储藏室的檀木箱子的气味仍旧穿过年岁的层层阻隔始终占有着这间屋子。它的里面塞满了所有父亲永远也不会打开看一眼的破玩意儿：老古董闹钟，他当兵时候穿过的汗衫、帽子、皮带和那时候的一摞信件，奶奶早些年偷偷塞给他的袁大头（银圆）——虽说这个可以兑换现金但我知道父亲是不会这么处理的，哪怕他陷入再难堪的处境。再其他的就是一些已经看不清字迹的旧证件和粮油本，还有破破烂烂的衣服和袜子。唯一我能确定的就是其中有一些被掩埋的秘密，一些失落已久的宝藏。这些东西永远也不会具有客观公正的价值。

父亲永远也不会购买超过 100 元钱以上的 T 恤，这是他对 T 恤的价值认知。但是如果买一件风衣，他可能愿意花上 1 万元钱，因为 1 万元是他对风衣的价值认知，甚至如果店员抱着试一试的心态向他推荐名贵的意大利山羊皮皮衣，他也说不定真的会掏腰包——只要那件衣服恰巧符合他对它的认知就可以。这也是为什么父亲的生活，总是以一种外人无法准确描述的样子存在着。在别人向他讲述一段经历或者对某些事物的特殊见解时，他喜欢说"啊，我理解""嗯，是这样没错"，但他心里完全不会这么想，因为他从不可能通过交谈这种方式采纳别人的观念。如果他认同一些想法或者判断，那一定是因为他亲身经历了相同的事。他的感受是他衡量一切事物的标准。

他憎恶人群和交际，认为人群总是带来各种意外。走在路上的时候他远远躲离着他们。甚至周边的气味也会叫他心烦意乱。和他在一起你会紧张，你会觉得他总像马上要走的样子。他虽然安静地坐着，但是他的身体一直僵硬地前倾着，屁股只坐在凳子的三分之一处。如果真的发生了意外的冲突，比如有人打架，他恰巧可以顺势地站起身离开，他喜欢把热闹抛在身后的快感。

对，他仿佛随时要离开。

有一次午餐时间结束，很多用餐的人一起从宴会厅走出来，路过酒店狭窄的旋转门，人群簇拥着向门口走去，以至于那蹩脚的旋转门一次次被卡停。他本来什么也没察觉，踱着自己的步子到了门口，忽然间意识到自己前后脚都簇满了人。他想继续往前走，但前面的人被门卡在那里，他想回头但转身的一瞬间发现身后也堆满了人，并且没有一个人有规则地排着队。他先是一下子跳了起来，然后身体再也无法动弹一下。我永远记得我父亲当时的样子——整个人因为恐慌和厌恶而僵在那里一动不动，鼻孔里发出焦灼的喘息。

树，很抱歉和你说了这么多，我不知道你会在什么样的场景下阅读这些我这辈子也不可能再说一次，以及再写一次的话。（我也不会留着这封信的副本——你看见它的同时它就死了，或者说它在我这儿死了。而从某种角度来说，它获得了重生。我也将获得重生）在整个写信的过程中我都处于相当痛苦的状态，相较于我之前承受过的那些称之为"痛苦"的感觉，这次才像是灾难真正该有的样子。好比我在驾驶的路上兜兜转转躲避掉的那些弯路、岔路之后，沾沾自喜于自己选择了一条安全的路，但是快开到头的时候才发现，之前弯路和岔路上的那些障碍和灾难，一股脑地全部涌到了终点在等我——那是我走这一程必须要承受的东西，我逃不掉，并且我将一次性地、完整地承受它们。

实际上我一再地拖延写完这些字的时间，也恰巧是对这种苦痛即将终结的恐惧。当这些文字以一个句号被终结，意味着我也将从此真正与我的父亲告别。我似乎正在以一种纪念他的方式失去他。我坐在这些字的面前，如同看见一个个小小的干瘪的新生物的诞生，它们将在未来的某一天绽放出某些光彩。

但是于今天，于现在而言，要做任何事都已经太晚了，本来我幸灾乐祸地等着他衰老，看他的坏脾气被风湿和体臭磨掉，没想到他连这个机会也不给我，他的确不是一个好父亲，从来都不是。

后来我在停尸间看见了我的父亲。但我不打算向你详谈当时我的感受，我无非是要给你来一段叙述，一段尽量表达我伤痛的文字。但你知道，这不是我想要给你转达的，如果我花费任何心思在思考这些文字之上，我就彻底失去了原谅自己的可能。

我没有什么可以向你转达的，唯一我想说的，就是这是我最后一次看见他。

亲爱的树，我已经不知道还能继续说些什么了，我的痛苦虽然是高贵的，但它们都来自于最不起眼的事情。如果一定要我说说，那就是，我希望你能写一本书，写下这些。是的，我想说，我始终看见你头上闪耀着作为一个作者的光环。这么说一点儿也不过分，我看得见，我从不假定任何事。你不能逃避它，将它推向死亡。

也正因为如此，这是我对你唯一的请求。别放弃文学，有这么一件事你记挂在心头，非常信任你的，五夜。

"你还好吗？你还好吗？"W 反复地问，带着快意的嘲弄。

但是陆树大气也不敢喘，要是他自己，是绝对不会来坐这个疯狂的玩意儿的。但是邀请他来的人让他无法抗拒，接卜来所有的事情他也自然是无法抗拒的。他倒是一早就做好了这个打算。

"各位旅客，请确认你们的安全带。"跳楼机的管理员在一旁轻描淡写地喊话，他的态度就像播报社会新闻一样淡然平静。

冷酷之心，冷酷之心，陆树在心里诅咒。

但是他知道同时有一种气若游丝的快乐在身体里游走，它就像蚕丝做的网兜，既美观又实用。

机器启动的同时，W 再次向陆树确认："你还好吗？"

陆树面部僵硬，机械地点点头。除了耳边的风声，他只能听得见自己的呼吸声。

机器"轰"的一声之后开始启动，它缓缓地抬动，机器的关节时不时发出突如其来的撞击声，让他全身僵硬，神经末梢穿越皮肤节节舒展。

惊吓扩张到了预想中的五倍。陆树觉得自己的半边身子已经镶嵌进这机器里。W 也没有说一句话，陆树不知道她是不是看见方才他对她点头，但是无论她看见与否，她自己心里也有判断。

机器又向上缓缓升去，在机器旁边围观的孩子们开始狂欢起来。

"爸爸，爸爸，他们上去了，上去了！我也要上去！"一个孩子声嘶力竭地嚷嚷，声音像是从舞台的另一端传来的。

"别瞎闹。上去好玩下来就不好玩了。"这是孩子父亲的声音。

童年的记忆翻越时间山河来到眼前。他偷偷喜欢的姐姐和其他同学站在树下，抬头望着自己，个子最高的那个把手抱在胸前，冷冷地抬着眼，嘴角挂着笑。父亲站在另一边，一边咒骂着一边撸袖子打算上去救他。"上来好玩下去就不好玩了吧？"父亲狠狠地扇他的头。他听见他整日心里牵挂的，连梦里也常常见的女生在树下扑哧地笑出声。

机器又向上猛地升了一大截，然后又忽然停在那里。这个时候向下看去，离地面已经有 40 米了。观望的人群发出杂乱和唏嘘的欢呼。

严格一些讲，陆树觉得这一截几乎可以要他的命了。"咔"，这个愚蠢的玩意儿又开始活动了，它甚至是簇新锃亮的。一个想法乘虚而入——它比我还年轻呢，它一定什么都不怕。我与它之间相比，肯定还是我更怕它一些。

陆树紧闭双眼，但很不幸这个动作使自己的其他感官更为敏锐起来，他的心脏被这过不了几年就会生满铁锈的小浑蛋紧紧拽着，此刻它占上风，占绝对优势。他战战兢兢地睁了一下眼睛，地面的人已经比他上次看见他们又缩小了两倍。"你还好吗？"W 忽然又开口道。他听见她的声音是笑吟吟的，是含带着某些其他意味的。她一定观察过自己的变化。她一直睁着眼，陆树想。我没事，这还不算什么。他不确定他的声音能否使她听见。她的笑容击垮了他。

但是今天所有的事，都是为一件事而来的。它不会躲藏得太深了，因为大概它从未获得过许可，带着某种神经质的绝望，不知向谁争取，与谁搏斗。

"薛亮他们说你有恐高症，所以我带你来想看看你能有什么事——最好你能有些什么事。这样我们就能一起难过了。或者我们可以一起死。"

W 说这话的同时，有一阵猛烈的风吹过，将陆树头上那顶红色的牛仔帽毫不费力地掀走了。

"天哪，你在做什么。"W 惊呼。

"什么做什么？"

"你的帽子！被吹走了！你的手是被绑住了还是怎么了？你分明可以按住它的！"

"我不知道，我什么也不知道。它不重要。它重要吗？"

机器已经抵达顶端，成团的空气在耳边喧嚣，W 的声音被混入其中，他无法分辨清楚她说的每个字，只知道她很生气，因为他没有护住自己的帽子，可是那个时候，他的两只手都没有长在他的身上，他的嘴巴也无法说出他想说的话。但他知道 W 一直在说话，一直在说。他使劲儿地张开自己的耳朵——那是他当时唯一能操控的属于他的东西。但是无济于事。他甚至觉得她是故意这么做的——就是要在他无法听见的时候同他说话。

这台年轻的机器倾泻而下，从 100 米的高空，它不急不缓地爬到自己的极限，然后迫不及待要来这么一下子。陆树感觉到一溜白色的光在眼角乍现又很快不复存在了，消失在天际的暗处。在它消失的瞬间某种时空被拉长了，而被拉长的时空成为某种稳定的、一劳永逸的存在，它闪跳着一束五颜六色的烟火，犹如萤火虫般的点点火星，在令人昏眩的瞬间闪烁之后，也消失殆尽了。

"我、要、走、了！"

在这个过程中，W 使劲喊出了这几个字。

陆树从梦里惊醒的时候，梦里的失重令他的身体瑟瑟发抖。发现距离自己睡觉的时间只过去了一小时，晨光还躲在夜色里清晰可见——随着梦境的重现，仿佛时间也倒退了。一片蓝色的东西在他眼前展开，然后 20 年前所有的记忆不紧不慢地在上面依次呈现。

那是他们最后一次相见，他因为坐跳楼机生了场大病，半个月没有去学校，伴随严重的腹泻、呕吐和眩晕。医生无法笃定地给出这场大病一个正经的病源，也无法把恐高症和其关联起来，医生们在面对一种病症的意外衍生时，都不会明确什么事能做什么事不能做，他们能做的就是保守当下的境况和自己的经验，把他们的直觉包装成一种稳妥的可以声张的东西。

整整半个月里，陆树一直在回想他在那整个漫长过程中听见的那四个字，他透支了所有努力也无法判定那一刻的自己是否清醒，以及那一刻是否存在。

如果是真的，W 要去哪里呢？她已经去了吗？

如果不是，那么是不是这整个的记忆都是虚无的？周围有强烈的光亮和说话声，太阳变成阳光浸润着人心，但意识蜷缩在人心里不会消失也不会轻易现形。如果事实真的以某种形式存在过，那么 W 也就永远不会消失。

半个月后陆树回到学校，所有的事情都发生了根本性的变化：W 退学了。一个毛头小伙子坐在了 W 的座位上，陆树走进教室的时候，他正横臂竖腿地与邻座的男孩子比赛踢粉笔，看谁能踢到离前排班花吴娇娇最近的位置，显然他在这间屋子所待的时长已经足够使他度过不适应期。同理，这个时长已经足够使很多人淡忘 W。

陆树沿着两边的走廊向自己的座位走去，忽然觉得呼吸不顺，就快要接近 W 的座位的时候，陆树再次一阵眩晕，他不确定自己的感觉是什么，但是这次的感觉不太一样——他沿着熟悉不过的足迹向前走的时候，却仿佛在后退。无论他如何费力地靠近，都离自己的位置越来越远了。

身体内有一种巨大的东西涌了上来，他情不自禁地战栗起来。他努力控制自己的身体，但他还是倒了下去，重重摔在地上，意识湮灭在一片年轻的唏嘘声中。

在他倒下去的一瞬间，他想起在那个高空之中，曾在他耳边响起的唏嘘声。

"你的帽子！被吹走了！……你分明可以按住它的！"

她是一个经常撒谎的人。

她早在两年前就流过产，对方是航空学校的风云人物。

她怀孕了，这次她决定生孩子，所以躲去了郊区。没人知道她在哪儿。

她妈妈得了一种怪病。她爸妈离婚了。更多关于 W 的风言风语是：她偷家里的钱去买内衣和鲜红色的口红，和元山区①的那些衣领泛黄的、下体终日散发着臭味的男生上床。那些男生喜欢吃辣鸡腿、牛肉汉堡和廉价啤酒，他们一整个夏天穿同一条喇叭裤。

她是一个胆子大、不要脸的人，她的一家人都不要脸。W 在这所学校成为一种传说，被女生嫉妒和讨厌，被晚上的男生宿舍讲成笑话听。这些传说在阳光下自由自在穿行。即便后来 W 逐渐被新的人、新的笑话取代，她仍旧成为某种象征，某种可恶又污秽的女性的代表。即便 W 在当时还是个孩子，而很多年后，当人人都不再是孩子的时候，他们偶尔想到她、谈论她，这一点也仍旧不会改变。

而对陆树个人而言，W 的存在也从未改变。有一半的

①元山区，近郊。

陆树的五夜

时间，他没有想起过她，但她会这样在梦里突然出现，另一半的时间，他一直会想起来她，用年少的时光来衡量目前生活的细节。他曾年轻充满热情，他曾脆弱而狂躁，他曾为了长大努力地忍住眼泪，都是因为自己的生活里出现过这样的一个人。每次他以为自己在骗自己的时候，事实证明他说的都是真话。这就是为什么他总觉得生活令他如此难以接受。

五夜的这封来信陆树看了两周，都没有想清楚自己该如何回信。与那相比，他更需要尽快地弄清楚自己的想法。在一列向前行驶的列车里，你给一个陌生人讲了一个奇异的故事，而对方给你交代了自己的一生。陆树为自己在之前那些回信里所使用的充满比喻或者暗藏心机的华丽辞藻感到恶心，尤其是想到自己的动机——这几个月以来，他一直为此感到骄傲，为自己以为的"将自己心中的影像以真实、贴切的色彩"呈现给五夜而备感得意，他的语言和表达为自己的生活（他曾相信也为五夜的生活）注入了奇特的活力，他看起来无论如何都是在说自己想说的话——而如今想到这些，他感到一阵恶心。

眼下五夜的这封信显然是对他的惩罚，是当头一棒的呵斥。是他180天幸福生活的结束。他不能在下一封回信当中写下"我在一个寒冷的夜晚跑到街上找一辆出租车，

结果遇到了会唱歌的小伙子在地下通道里卖唱……"或者
"W最近开始尝试做西餐给我吃，她善于不花什么钱就买
到一些小玩意儿来布置家……"这样的东西了，在具体的
哪怕是并不沉重的现实面前，再真实的谎言也是愚蠢的，
匮乏而丧失道德。就像一场久违的美梦被闹钟叫醒，无法
回到梦里，甚至也睡不着了。

　　但无论怎么样，他都必须要继续写这封信。
　　他一想到此，就觉得窝囊。五夜希望他"不要放弃文
学"，并且希望他能记录她的父亲。这个要求令他窒息又
令他兴奋——一方面他如此珍视五夜，一方面她是随时可
以离开他的人。他们之间的关系既高贵又轻佻。他的确喜
欢写字，但是他觉得一个作家经年累月地写一本书，甚至
呕心沥血才能写成。可书将被人随便放在那里，一直到无
事可做时才会看它。想到这里，他不禁连连摇头。更多现
实的问题他要面对：他没有写作的时间也没有思考的精力，
他没有耐力猜测并屈服于自己判断。
　　陆树想，这是一件奢华的事情，适合生活在生活之上
的人。
　　他曾在一本并不知名的小说（作者是一个不知名的南
方人）那里看到过这样一句话："如果一个人打算要成为

一个作者，必须先成为一个敢照镜子的人，对自己身体的漏洞都不敢检查的人，更别说检查自己的灵魂了。"

很多时候，陆树都是不照镜子的，他害怕自己检查自己，他认为那么做对时间不公平，任何抛弃时间而进行的单方面的检查都是不公平的。他已经完全具有中年人所有的特征：牙龈萎缩，身体莫名其妙地发臭，向地面垂去。某一天早上他洗浴完毕，由于地面太滑，他重重地向后倒去，脑袋摔在厕所的大理石面上，然后他晕了过去。不知道过了多久他被冻醒了，浴巾正好盖着自己的脸，而身子裸露着。他觉得过去了几分钟吧，但是当他看看表，现已经过去了一小时。

在这一小时里，没有人发现他这样丢脸地倒在地上。妻子大概正在忙着烧饭。他闻见香味从厨房飘出来。他看了一眼落地镜里的自己，阳光将整片镜子照得泛白。他的样子淹没在镜子里。

妻子正在忙着烧午饭，平底锅热火朝天，被烫得吱吱呀呀乱叫，熏人的烟味很快四下弥散。妻子穿着一件刺着金丝边的鲜艳夺目的围裙，它新得很不合时宜，像是不属于这间厨房的东西，但是它使她美丽极了。陆树忍不住盯着它看。妻子不知情地忙活着，她又忙着在另一只锅里点起了油，就在同时平底锅开始更加猛烈地抗议，它桀骜得像是随时要掀翻锅盖。金丝裙不能改变厨房的现状，她在锅台前后进进出出，每走一步，都要高高踮起脚尖，以便跨过那些满地都是的脏碟脏碗。

她有些着急了，伸手握住铁锅的把柄，但是显然它太烫了，灼热的程度超过了她的预计。她一下子向后弹去。

她应该吓得不轻，或者已经受伤了，这个时候她应该要马上用凉水冲手指，而不是像某些愚蠢的主妇那样乱涂什么酱油。他站在那里想。但是妻子立马抓起了手边的酱油瓶，把整个手指都伸进了瓶口。

他站在她身后不到一米的位置，他忽然意识到自己居然站在这里认真地想了这三个问题，其中的每一个问题都至少花去了他半分钟的时间，在这一分半里，他竟然没有冲上前去看看那根手指究竟怎么样了。

他说不出是什么止住了他。他只是没有打算这么做，他坚决不会。

妻子是一个坚强的女人，她并没有惊慌失措，而是如同陆树所料的，立即转过身对着水管子里的水冲刷自己受伤的手指。也就是在同时，她发现了一直站在自己身后的丈夫。

她盯着他的眼睛，斩钉截铁地说：

"厨房不是男人应该来的地方。"

随即她关上水管,转身回去照顾两只正在沸腾的铁锅。

陆树觉得，妻子的手臂上很快就会长出一道疤痕，它和其他任何疤痕不一样的是：一开始它毫不起眼，时间越长越鲜红。为了保住生活，人可以忘掉很多事物，但事物本身不会，它们选择存在的方式就是轻微的停顿，然后继续轻微地牵引你的前行。

周日陆树被派去出差，清晨 5 点 10 分妻子叫醒了他。6 点整的时候，他穿着拖鞋和外套戴着帽子在桌边等着，他的帽子上沾满了灰尘。不一会儿妻子把早餐端上桌子，他的早餐和昨天没什么不同，一个煮鸡蛋、三个煎饼和一壶奶茶，昨天的早餐是两个煮鸡蛋、一碗白米粥加一小碟雪里蕻咸菜。妻子做完这一切就走进起居室，不用多想陆树就能想象她会做的事情：她会去叠被子，先把被子的四个角掩一掩，然后拉展，平铺，把枕头压在上面。然后她稍稍转身，就可以开始收拾衣柜，袜子们放在衣柜的左上角，皮带们整整齐齐在袜子的下一格抽屉里塞着。收拾完这些之后，她会直接走进儿子的房间紧叩三下房门，8 点整儿子会准时出门上学，开始做他的妈妈完全不理解也不会接受的把戏。

飞机上人不多，紧挨着陆树的是两个看似是亲戚关系的男女，女人看上去心情不好，睡醒之后就一直在望着窗外，在短短的不到一小时的时间里，她一直在摆弄她的结婚戒指，摘下来，又戴上，再摘下来。男人毫无察觉，不知情地在讲笑话。

男人告诉女人，前几天家里那边发生一件事。男人的口气神秘又急切，一件惊诧所有人的事情，他反复强调。女人毫无反应，男人有些扫兴地继续说话。

故事的主角是 Z 女士，几个月前死于一场意外的车祸。Z 应该是他们家乡有名的富人，10 年前订过婚，但她的未婚夫竟然死于一场当地邪教教徒的屠杀里，是为数不多的死伤里死得最惨的一个。过了几年之后，Z 和当地的一个年轻人逐渐坠入情网，但由于双方家庭环境差异太大，特别是年龄的差距——他们之间整整差了 15 岁。在当地看来是不可逾越的差距。两个人住在隔街，每天都可以见面，随着时间的流逝关系愈加地亲密。于是结婚的问题最终还是摆在了面前，于是两个人决定结婚。他们的订婚仪式选在了一个周六。在那个周六的前一个月的某一天，Z 决定要去拜访她的养母，但是因为其养母临时的出游而取消了。Z 的情绪突然波动起来，对于未婚夫安排的婚礼一概不闻不问。

就在婚礼的前一天，周五的午时时间，Z 女士突然要求未婚夫去民政局领结婚证，但是对方因为工作的事走不开。Z女士很失望，她于是自己出门了，在她房子的楼梯上，她遇见了一个熟人，他们沿着家附近的街道走了一段路，谈得很愉快，Z女士像换了一个人一样那么高兴，那位先生最后开着玩笑和她告别了。之后Z女士要穿过那条家附近的街道去另一个地方，这条街很宽敞，令人视野宽阔。可是就在接近人行道的时候，她被一辆车撞到了（肝脏被撞伤，使她在几小时后死亡）。

女人在整个倾听过程中没有任何反应。

男人在结束这段描述之后也不得不尴尬地停止了讲话。

很显然，这段完整的叙述是由无数旁观者、亲历者、知情人的说法中拼凑而成的，故事很完整，就像是在某个小说里的细枝末节。

陆树沉浸在这故事里，他被这个故事彻底吸引了。这个故事的主角Z女士像磁铁一般狠狠地吸引住了他。因为讲故事的男士的每一句话都是一个盖子，正好盖住了光源的核心。而这光源本身正是陆树一下子就想要的捕捉的东西。Z的死真的是意外吗？这位先生在叙述的过程中曾无数次透露Z女士是一个多么谨慎的人，她曾多次劝诫她的未婚夫不要太莽撞，出事的那天早上，路上几乎没有什么车，出租车队因为收益矛盾闹集体罢工，在车祸发生的时候，路上应该是绝对安静的，即便她没有看见车辆循序渐进地驶入，也应该听得到——这几乎是一定的。乡里的人都会认为那是一次意外事故，但是事实一定不会是如此。更多私密的消息揭示：Z女士经常表现出自杀的倾向，甚至对自己的伴侣也坦诚相告过这种念头。而男方曾经劝慰她，比如几天前，他们一起散步回来，她毫无缘由地流泪，说起了自己的死，还和未婚夫说起财产分配的事情，说要找律师修改一些条款。

陆树大胆地想，这位Z女士的死不会是一次意外事故，也不是意识迷蒙不清的结果，是一场有预谋性的自杀！整个事件都是她失去前未婚夫的结果。在她心目中，所有的新生活都不能替代他，任何人也无法取代他。

令他惊讶的一点是：这些旁观者、亲历者、知情人既然将他们知道的细枝末节拼凑成了一个完整的事件，他们居然对这个事件从没有任何质疑。也许他们曾经有过质疑，但当一件事情变成一则新闻，它就稳固到不容置疑。Z女士一直在预谋自杀，或者，她本来寄希望于自己的变化，对记忆的遗忘，及其带来的新生活，她曾试图捕捉一切新的光源。但是每到夜里，当所有的光亮消失，她独自面对自己，仍旧无法呼吸。在她心目中，有个人无法忘记，有件事过不去。

于是，无意识的目的所导致的有意的自我毁灭，却伪装成一次意外的不幸。

陆树的大脑飞速运转，他莫名其妙地兴奋：事情本身开口讲话，喧哗而顽固，仿佛它能代表真相。但是，真相长了很多副面孔，人的眼睛只能提供观察其中一种的途径。其他的真相都躲起来了。只有一小部分人能找得到它们，可即便是这一小部分人，也会成长或者年老，秘密像流沙一样随风而去。如果真的是这样，它们还算发生过吗？那些曾在这些事里丢掉生命、付出全部爱情的人呢？他们算真的存在过吗？同样，如果有些事不被记录，有些事情从未被观察到，它们几乎等于没有发生过，与时间擦肩而过。如果是这样，如果是这样，那么文字或者其他艺术的存在价值，并不是被某些人翻阅，而是在于完成记录者本身的意愿，完成他们对时间的尊崇，对相遇的尊重。人为什么会自杀？而很多人并不想活着却仍旧活着？前者多半是因为所爱之人之事已燃到了尽头，后者大概是一直在等待新的希望。

陆树的身体突然有了异样的弹性，他的灵魂感到了光亮。是感到，不是看到。一下子，他似乎从某种他自己也看不见的暗处现身了。只是他并没有肉体，人们看不见他，也听不见他说的话，更摸不着他的存在。人群曾经拥有他但已经走开，骚乱平息。

他开始经常做一个梦——他的脚下躺着他的尸体，右边的太阳穴上插着一支铅笔。那支铅笔是昨天他用来写字的那支油彩铅笔，湖蓝色的，他觉得他整个的灵魂应该是大海的颜色了。但是，死亡使他的脑袋肿大，脸也变了形，眼前的一切并不美观。这些都是他感觉到的，而不是看到的，他再一次对自己强调。他对一切都无动于衷，就连对眼前的尸体都无动于衷。他没有意志，但是好像被什么东西驱使着来到某个他曾经去过并且熟悉的地方。当他跟随着这个东西走到那个地方的时候，他有一种触电般的震动。在那一瞬间，他的体重、意志、爱情、最重要的时间都回来了，他又成了原来的他。虽然是急切地往家走——刚才发生的一切还历历在目，就是现在，他一分钟也不能迫使自己仅仅把它当成一场梦。

他决定写小说。这个念头本来吓了他一跳，但是随之而来的强烈喜悦形成一道闪电在他的身体里左冲右撞，不允许他再想一想，不允许他进行对抗。

在做这个决定之前，陆树冲动地要给五夜写那封本该早就写的回信，简单明了地告诉她自己的这个决定。但他设想了无数次自己的开场白和一些描述，都无法圆自己撒的弥天大谎——或者说，他一下子失去了身为"厨师"的兴趣——那个身份的存在价值只在于脱离他本来的身份而已。

如果继续编造下去不是不可以，但是事情的方向发生了变化。他没有勇气对五夜承认这一年来的谎言，之前那些他随意编造的瞬间和燃烧着的人物有多迷人，现在看起来他就有多无耻。如果我是五夜,陆树想，我会感到恶心。

他写了一封简短的回信给五夜：

小夜:

见信好。如你所愿，我要开始写那本书了，在这期间，我们最好暂停通信。别问为什么……只是请等我。

大约一周后他开始动笔了。他仔细地考虑，觉得自己并不想纯粹地写一个男人的生活，那难免变成某种自我记录——虽然他必须以五夜父亲的故事作为整本小说的蓝本。他首先要解决的是小说的第一句。

对，因为那是一个必需的开始。

他反复看着五夜的信，抠唆着那些于五夜而言残忍的事实，他第一次真正认识到灾难对人们而言具有怎样的力量，它们最大的魅力就在于其自身所具备的唯一性。

关于五夜在信中并未提及的内容——那些真正的火焰永远只燃烧在侦探小说或者电影里，并不会总被事实揭发。所以他只能构想——也许他是可以写信多问问她，关于那些具体的细节，那些和他死亡相关或者不相关的所有。可这样的念头稍一萌生，他就被自己的残忍击溃了。

那些五夜没有说出的话，才是她寄予自己的期望吧。并不是关于对死亡的查巡，而是这查巡所代表的无知。没有比无知更残忍的事情了，陆树重重撂下手里刚刚拿起来的杯子。既然他开始打算要写一本小说，既然他在五夜的眼中可以成为一名作家，那么他就不能只是发现生活的难处，他得真正地脱离自己，时刻提醒自己。这不是一种鼓舞而是一种他认为必须要采取的方式。

对，一种方式。如同普鲁斯特所说的那样，"幸福的岁月是失去的岁月，人们期待痛苦以便工作"。

这么想着，他又问自己，我期待过痛苦吗？我知道什么是痛苦吗？五夜呢？她知道吗？

他试着写下第一句：

五夜想，那一定是父亲发来的信息。

他马上撤销了这句，他的手指使劲地放在撤销键上不撤手，似乎这样才能解气。他生自己的气——他甚至没有给主人公换一个名字，可这么做到底可不可以呢？他不确定。这本书的主人公该是五夜还是她父亲本人？如果是后者，他必须得有一个新名字，这似乎是个大问题，可是对一个故事来说，这并不要紧吧。那么对一个故事来说要紧的是什么？

应该是一次意外吧？对！没错！意外！它几乎是必要的，它是烹饪一个故事必要的作料，是人物关系打开、重启或结束的必要条件。比如忽然的大雨，比如丢失的钱包，比如被路牙卡坏的高跟鞋……人们在惊讶和慨叹之余会一遍遍回味最初那作料的味道。

但其实并不是这样的。意外在发生的同时已经成为一种结果了。比如《月亮与六便士》[①]里的斯特里格兰德的离开，比如伍迪·艾伦电影中那些在中央公园的偶遇。当红灯变绿，聚在周围的人越来越多，而你无法迈开脚步前行，乌云忽然盖上你的心头，你的眼中带着一点儿朦胧的雾气。当你被人群从一边挤到另一边的时候，一只手扶住了你。

---

①《月亮与六便士》，毛姆的代表小说。

所有的故事都由这里开启。

陆树呆坐在电脑前，有种意识将他牢牢罩住——他要开始写作了，而这件事情有多重要呢？它能改变什么呢？他记不得是哪位作家曾经说过——一旦从事写作，你将无法做任何其他事。这种可能性使陆树既紧张又迷恋，他不知道自己会不会变成一锅沸腾的开水，无论什么进入他都会被他顷刻烫熟。或者自己冻结成一块冰，连开水也融化不了。

他决定先停止无意义的思考，他必须有一个开始。他拿起笔，在稿纸上写下一个大大的"Y"。

这是一个下意识的行为，他愣愣地看着这个字母。很快恍然大悟，他心里勾画的这个人物是五夜的父亲，而Y就是他给他取的名字。他立刻决定，在他想到一个合适的人名之前，这个代号再合适不过了，至少它能代表一个人，也能使自己在Y成为一个有血有肉的人之前，与他保持合适的距离。不过分地接近他，至少不能左右他。

他咬着笔杆，想着开头。盯着墙壁。夜里的风忽然起了劲儿，带动一切在噼噼啪啪地拍窗户。陆树紧了紧衣领。

停电了。那个时候Y站在窗前，整个房间在那一瞬间发出巨大的轰鸣声，窗外的夜紧紧吸住他，使他动弹不得。Y 从未比现在更孤独、更恐惧，但也从未比现在更真实地感到自己在活着。

　　陆树嘴里含着口杯，使劲儿盯着这一句。接着他删掉了最后一句。他想了想，觉得自己做得没错。他很喜欢自己的果断。

　　更重要的是支撑这种判断力的背后，潜藏在自己体内的陌生的巨大能量。

　　接着他想，Y 是怎样的一个人？

　　他拿起另外一张白纸，在纸张的正中央写下一个"Y"并画了一个圈将它圈了起来。在圆圈外写下：

　　50 岁。建筑师。离异独居。嗜酒，无其他特殊爱好。悲观、敏感、多疑。习惯性撒谎。善于伪装，想象力丰富，轻度到中度社交障碍。

　　很快他的笔锋停顿了，他意识到一个问题：他每写下一个有关 Y 的特征，都会有意识地和自己对比一下，或者至少站在自己的立场上去反观对方。他不确定是不是每一个作家都这样做。这是既亲密又危险的行为。容易使对方成为对手，或者给对方戴上自己的面具。

此刻他能想出一万个开头，好比大街上躺着一只不知名的绳子，但是用它把一万个人拴在一起也不是难事；有一只猫从东边跑到西边，暗示着一场相遇。橱窗玻璃，玻璃外的风，和风擦肩而过的风衣，挽着风衣的高跟鞋女人，盯着两条腿的男人，男人手里的咖啡杯，做咖啡的姑娘，时时钻进姑娘瞳孔里的戴在另一个女人头上的羊毛毡礼服帽，礼服帽手里的手机，手机上的封面照片，正是那扇橱窗玻璃。

但是，当幸福或者痛苦的瞬间逼近，当自己把笔尖对准 Y 的脸，Y 会怎样呢？陆树不知道，哪怕幸福和痛苦有一万种可能性，一个人经历、承受它们的样子都是一样的。比如，假如最爱的人意外死去，Y 会如何？

我的上牙咬住下牙，紧紧粘在一起，一时竟无法把它们分开。

我瘫坐在地上，抬不起头，仿佛天花板顶住了我的脑袋。我一动也动不了了。

我闭上眼睛，伸手摸了摸自己的脸。上一次他梦见她突然死了，他猛地睁开眼，摸了摸自己的脸，脸上全是泪。但是今天，什么也没有，他的手停在脸上，意识到一切都是真的。

是的，这些都是事实，但是这些事实都是基于我的感受，而不是 Y 的。陆树想，当我的主人公说出了我自己想要说的话，我的自我也就显露出来了。我自然很有可能采用一切方法将他们加以伪装，又或者——当我清楚我的读者难以避免地把主人公和我联系在一起，我便在故事里赋予他们美貌或财富，从而这样高明地包装了自己。

他能感觉到自己此刻表情严肃。因为他意识到一件严肃的事情——如果他能完成 Y 的故事，就必须先完成对自身的揭露与叙述。

那些月亮与路灯的关系、睡眠与谎言的关系、电影与死亡的关系、爱情与政治的关系……其实都是属于他自己的。换句话说，他将与 Y 合为一体，至少，他们难以分割。

Y 拉起百叶窗，把窗户打开一条窄缝儿，夜空残忍无边地翻滚着，尽情炫耀自己的光亮。不一会儿空气里就开始渗出苦涩的味道。

快下雨了吧？他想。

Y 拉开衣橱，视线所及之处衣物不分季节地堆砌着，有时候他会熟练地从某件衣服的夹层里翻出一双袜子，好比如果他找不见一个常用的水杯，他会试着从洗手间找起，从沙发缝找起，它们总是准确地待在那里。这种凌乱感逐渐成为他生活秩序的代表，是他安全感的来源。

他清楚地记得哪些衣服上的什么位置留下过划痕或者油污，某双在雨天被淋透过的鞋子，一定会是他下一个雨天的选择。他喜欢这种秩序，将他很好地包裹起来，让他清楚地认知到自己同他人的区别。

太阳高照，在一个百叶窗半开半闭的房间里。Y平躺在双人床上，床的另一边放着一个陶瓷烟缸，烟缸就摆在枕头边上，床单上洒落着一些烟灰，看着倒是与灰黑色的床单和谐一致，安静地从生至灭，安静地周而复始。

他脑子想着公司里乱七八糟的事情。翻身的时候他闻到了自己腋窝的味道，皱了皱眉。床头柜上有一架收音机正在滔滔不绝地播放中东地区的奇闻逸事，故事讲到高潮的时候，总会被房产或保育广告打断。

他想起了自己的女儿小夜，想着上次与她见面时她的表情。他想到自己当时他批评了她的衣着，他建议她穿宽松的牛仔裤，小夜点了点头，倒没有显得不耐烦，但是她一定不会听自己的。她会我行我素。Y想着，叹了一口气。自己与女儿的关系一直如此，有一些说不清、道不明的难堪和虚伪。他清楚两个人都是戴好了面具才见面的。虽然相见的原因并不总是因为想念，但这总会是下一次想念产生的原因——至少对Y来说是这样的。他总是会这样时不时地想起上一次见小夜的样子。至于上上次，就不是那么清晰了，就像他从来不喜欢做预算和规划，超过10天以上的打算就让他无所适从了。与女儿见面的感觉如同冬日里长在窗棂上的阳光，温暖而遥远。他总有一种感觉——他不久就将不复存在。他不再是他自己，如同一个微小的分子在继续运转，继续融合和分裂，成为某种新的其他直到不再是此人，作为父亲的自己，作为邻居的自己，作为路人的自己，作为自己的自己，都有一个新的去路。这种感觉让他觉得自己孤独、不朽。他的额头有两条深深的皱纹，他的耳朵时常发红。他的牙龈早在10年前就开始萎缩了，醉酒之后手臂会持续发麻一周。对女人的反应也开始变得迟钝。他很少发火——除非他觉得自己被边缘化了或者超过一小时以上待在人群嘈杂的地方，或者因为一些微小的细节：他突然想起了几年前很喜欢的一件衬衫或者什么随手把玩的小玩意儿，但又想不起它们现今身在何处的时候。

他始终坚信自己对时间的逝去有一种珍贵的情怀，虽然他时常无法清楚地解释那与其他人之间有什么区别。关于和个体生命相关的时间数字总会让他情绪异常。——有一次他在楼下的餐厅吃饭，正好桌上有一份报纸，映入眼底的是一篇时评，是关于国内某著名战地记者受《时界》杂志所托，赴耶路撒冷跟进报道前一阵子战局的消息。笔者追根溯源地讲到了这场战争的历史祸首艾希曼，"在'二战'期间，他负责将成千上万的犹太人用火车运送到集中营，是屠杀犹太人所谓'最终方案'（FinaY SoYution）的运输总指挥。他战后潜逃至阿根廷共和国，1960年被以色列特工秘密逮捕，押解回以色列，其间的过程十分惊险"。

接着文章出现了关于艾希曼的介绍，"艾希曼，AdoYf Eichmann,1906—1962……"看到这里，Y的咀嚼动作随即停止了，他匆匆解决了盘子里的饭以最快的速度离开了餐厅。他觉得自己的胸口仿佛堵上了一块大石头，他的焦虑如此剧烈。他很怀疑自己为什么会有这么大的反应——仅仅是因为那几个和他无关的数字——"1906—1962"一个概括一个人一生的数字组合，出现在一个和他无关的场合，在他吃着一些和他无关的食物的时间，这个数字显得分外残忍，令他恐慌。对一个本来就对时光有所敬畏的人而言，这个数字等于冷酷的分析，等于对麻木、懒惰毫不留情的揭露。

他不能接受一个人的生命被这样计算，这几个数字代表了怎样的生命呢？战场上那些随意死去的人，那些无意活下来的人，那些在生活中早早死去的活着的人，以及因死亡而不朽的人，他们的生命有数字吗？什么样的数字才是准确的呢？他们是否愿意被这数字暗示呢？

另外一次，他被邀请去参加某个家庭聚会，名为邀请实则聚会的主人有意为他介绍一个不错的女性，他看着那个方脸的女人，年纪应该轻他几岁。笑得一团和气。他知道她是那种干净整齐的好主妇，一个人居住，住所布置得非常优雅，房间总是干干净净，摆着花，叫人感到非常舒服。客厅的印花布窗帘虽然图案古板但色彩光艳，淡雅迷人。床单和餐具都一丝不苟，她做的饭好吃极了，菜肴甚至非常精致。所做的唯一坏事就是在超市里偷过几把精致的小刀。

他心里这样想着。

忽然一个声音传来，他开始无法集中。

是墙上的挂钟，"嗒嗒嗒"。他的手心开始冒汗，全身一阵虚弱，呼吸一下子急促起来，双腿也微微战栗。聚会上的人谈论着炭烤猪肉的味道，奶油澳带的味道，青蒜大虾的味道，香槟的味道。女主人和方脸女人耳语什么，后者向他看过来。

不行，不能是现在。我什么也不可能说得出口的，他
告诉自己。

"嗒嗒嗒"，他心跳加快，胸口缩成一团。

方脸女人在女主人的陪伴下向他走来。

不行，不能是现在。

越来越近。"嗒嗒嗒"，他看见自己被灯光打出的侧影
忽然离开自己向门口飞奔而去。他吓坏了，忽地站立起来。
显然这吓坏了对面的人。她们停了步子看着他。

"对不起，我得走了。"他拿起外衣离开。 方脸女人
的笑容僵在嘴边。

Y翻了个身，盯着床单上的烟灰，曾经这个位置上是
妻子穿着印花睡衣的背影。

陆树的眼底升起一束光，是猛然地。他很开心自己意
识到这些。

他拉下百叶窗，脱得只剩随身的大裤衩。脑袋里浮现
出儿时生病时的模糊记忆，在他记忆里，每次自己发烧家
里都会停电。停电似乎是生病的一种连锁反应。

他躺在床上，闭着眼睛，感到自己逐渐高烧起来。记
忆从远处给了他能量，使他能够擅自前往过去。屋外的世
界还很亮，对面的楼房也光亮大作。屋外远处的花园里传

来孩子们歌唱的声音，七八月暑期培训班正是火热，孩子们永远都不累。有主妇在对面的楼上拍打地毯，有人在弹吉他，还有一间屋子传来撕心裂肺的音乐。恍惚之间他涌起了欲望，微弱、模糊，却无法自抑。外面有气味融进这间屋子，那气味巧妙地搭乘着空气，不急也不缓，谨小慎微地探索其进入不同房间的步子。

他正经历着什么变化。这一点他能确定，不能确定的是这变化源自他自身还是外界，或者说，二者尽管不可分割，但是他得确认自己的变化方式，他该听从什么。连续几周的工作疲惫打破了他体内的某种像结石一样的东西，经年的积劳没有消融于无形而是转化为另一种动能。他掀开毯子脱掉内裤审视自己的身体，白晃晃的油脂似乎要禁不住借着月光倾泻出来。但他很高兴它们在，他可不想一直年轻，肥胖正好是男人开始成熟的最佳证明。

他决定要去买一瓶酒，或者两瓶。难道不应该吗？哪位作家是不喝酒的呢？他记得北岛在书里写：夜深了，我关上灯，在噼啪作响的壁炉旁坐下，打开瓶红葡萄酒，品酒听风声看熊熊烈火。他最喜欢的法国女作家萨冈说，酒都已醒，如何消夜永？玛格丽特·杜拉斯说，烈酒可以完成上帝也不具备的那种功能。

酒精本身是懦弱而鲁莽的，偏偏它到了艺术家这里就成了战场上的冲锋枪，成为他们喉咙能够发声的最佳凭证。但假如一个人对着镜子张开嘴巴，他能见到什么呢？见到阴谋？见到希望？见到力量还是预约在未来某时的表演？不管怎么样都得抓紧时间，因为它很快就会掉进人的肚子里去了。

陆树不喜欢中国当代和近现代的所谓知名作家（除了诗歌以外），国内大多数出名的作家都如出一辙地代表各自的某个时代（他们或者因为自己的文字而出名，或者那些文字就注定在那里，任谁来诠释都是对的），他们笔下的故事伟大而辽阔，如果把他们拉到一起站成并排，整个中国近代史的样子就完整地呈现了。他们是不可能真的有诚意关注小人物的生活的，除非那些人的生活本身就像新闻事件那样了不起。如果他们写一个放牛娃，故事里会响起村头土墙上的喇叭，溅在某人裤脚上的新修公路上的泥巴水，与村支书女儿的青葱爱情等，最后不是放牛娃就是村支书的女儿参加了革命。或者在 R 省城的一个普通中年摄影老师突然以汉奸罪被捕，故事由此展开，一个被俄罗斯间谍组织通过色诱而洗脑的年轻男子的奇幻人生，镜头会捕捉他因爱情颤抖的手脚和被月亮侵蚀的意志。这样的故事也许是精彩的，它们能牵动你的眼泪或微笑，但不会拥抱你的眼泪或微笑。

他们看不见那些萎缩的牙龈，干净透明的谎言，处理不完的身体上的死皮和碎屑，对于产自故事自身的那些内脏的疼痛，被写作者残忍地压制了。它们会比故事提前结束。

要说喜欢的文学，他觉得自己还是喜欢读西方文学，喜欢加缪的荒诞和消极，伍尔芙高贵的呻吟，毛姆的嘲讽，辛波丝卡的大声表白。文学批评者强调他们的时代格局的狭隘性，他们自身对时代的脱离，但是狭隘又有什么错呢？脱离又有什么错呢？人们只要获得一个干干净净的故事罢了，得知一个毫无企图的出发点，一些不被时代所影响的、真正永恒的痛苦。

大概作家们还有很多其他的花样——吃迷幻药，旅行，嫖娼，旅行嫖娼，把自己只身扔在荒岛上好几年，再就是抛弃妻子，开始不断更换女人的新的生涯。当然，他们做这些事从来不是为如杰克·伦敦①那般历经极致困境之后获得什么人生成就。那些人生成就在他们看来，是蒙着面纱的谎言，是不可能直接实现的，是带着更加深刻的阴谋的。真相虽然长得丑，但是确实使人安心。

在故事里的作家和现实生活中的作家都一样，需要一些极致的、突发性的决定，他们靠这些决定带动新的创作。对，是这样的，他们的写作动机千篇一律地自私而盲目，他们就是要毁灭自己的人生，而在毁灭的过程中收获那些文字。

如果他们看见了一些新的生机，他们或者自己扑向它们，或者教他们笔下的人物那么做。

比如毛姆笔下的斯特里格兰德，比如电影《闻香识女人》中的弗兰克，他们是真正的自由者，他们永远都在出发，从不被任何经验和快感所奴役，迷恋于执着所带来的

---

①杰克·伦敦，美国著名的现实主义作家，生于旧金山。20世纪初西方入华作家的急先锋。杰克·伦敦的父亲去世后，为了负担家庭生活，他开始打零工。在找工作的时候，杰克·伦敦写成了《顺流而下》，可是稿子给退回来了。在等待退稿的日子里，他又写了一篇2万字神出鬼没的连载小说，不料也给退回来了。尽管稿子次次都被退回，杰克·伦敦却仍然挤出时间来写作，继续写新的题材。最后《大陆月刊》发表了他的第一篇小说——《为赶路的人干杯》，稿费只给了5元钱。不久，《黑猫》杂志又出40元要他写一篇小说，这样，总算有了转机。直到1900年杰克·伦敦的第一本小说集《狼子》出版，这才让他获得了巨大的声誉和相当优厚的收入。

苦痛。安稳的幸福对他们来说就是地狱，就是死，比死更可怕的生存。

外人无法总结他们，因为他们的行为不具备确定性，他们的动机更无从验证。他们的人格和品德参差不齐，但那永远也不可能成为重点，不管是别人眼中的他们还是他们眼中的自己。

他们从超市里偷食物，和店主动手，然后把它们扔给乞丐；午夜在酒吧门口撒尿；他们从火车上跳下来，半夜里在花园里架起一座爬梯来看月亮，泪流满面；他们和女人做爱，和男人做爱，接吻直到嘴唇红肿，在天坛，在公路旁，在电影院，在百货商场，在他们兴奋起来的任何角落；他们想成为一切——云层、花朵、猫、厉鬼；他们的愉悦是充满尊严的，他们所经受的痛苦在他们自身看来也是独一无二的。如果愤怒，他们就干脆摔坏一台电脑，或者爱人的尊严。但所有这些和他们原本做好准备所牺牲的那些，还谬以千里。

所以他们什么都不怕，所以他们毫无顾虑地继续前行。他们与大多数人的想法并没有区别，区别在于他们走得很快，往往走到自己前面去了，他们看不起身后的自己，于是想方设法地嘲弄和催赶，如果他们发现那无济于事，那最好的方法就是让其消失。

陆树忽然有想哭的冲动。

他试着写下一段对话，他想象着这是 Y 与某个女人之间的对话——是的，作为男人或者一个作家，他必须尽快确定一个女人的存在——

"你想要什么？"

"什么？"

"从我这里？你常常和我说话，眼睛里却没有我，女人看男人的眼神就会知道，他们彼此有没有未来。"

"我可以给你很多很多，多到几乎是一切。"

"我总觉得你没有在看我。"

他用钢笔在白色的草稿纸上写下这几句对白，之后翻来覆去地看。接着他发现了一个现象——这几句对白几乎是可以随意打乱重组的——无论如何重组都是可以合情合理地成立的。

而对于对白的双方，无论是五夜的父亲还是那个女人，由谁来讲第一句都是可以的。陆树觉得身体随着心僵在了那里，如果是这样的话，那么几乎任何一句话都可以是接下来的那一句，同样的任何一句也都是错的。他想起那本有名的扑克牌小说①，那是他唯一认为作者说了那么多，又几乎等于什么都没有说的作品。他同时开始一些新的怀疑：如果自己驾驭不了人物的对白，说明什么？每当他觉得小说中的某个人物可以说些什么的时候，他又以自身的角度阻止自己：假设，故事中人物之间的对话并不能解决人物之间的问题，或者说，那并不是他能理解的方式，他是否还能成为一个作者？

他用钢笔在一张白纸上写了几个字，"白萝卜、黑胡椒、红太阳、紫色的夕阳、五彩斑斓的人生"，他完全不知道自己写下的是什么，但是他知道，它们是某种象征和暗示，某件事情就此正式启程。

---

　　①扑克牌小说，《作品第一号》。《作品第一号》的新奇之处在于全书没有页码、没有装订成册，每一张书稿只有正面有文字、反面空白，每页 500~700 字，可独立成篇。除了一个前言说明和结尾外，其余的 149 页文字任意地放在一个盒子里。读者在每次阅读前可以任意"洗牌"，从而获得全新的故事，从而随着不同的"洗牌"组合而产生"作品第一号""作品第二号"……这种大胆的尝试，借用了扑克牌的形式，打破了叙事时间和空间的连贯性，彻底颠覆了传统小说的线性叙事；通过改变书的装帧形式，让读者参与到小说

的创作中，大大增加小说故事情节发展变化的可能性，改变了传统小说的封闭式结构，增强了读者与作者和小说内容的互动。这部小说特殊的组织形式，倒可以和人的一生对照起来理解。除了一个前言说明和结尾外，《作品第一号》剩下的部分可以任意组合，正如人生除了结局是确定的，一生的历程看似有无限可能性。但是，人没办法同时选择多条道路，正如小说每次阅读都只能见识一种组合。随着人年龄的增长人生可选择的余地就越少，而小说每次看过的内容越多，剩下的部分组合的可能性就越来越少。小说中那些片段看似是离散的、没有统一性，而多数人的人生也不过是由一些支离破碎的片段拼接在一起的。

凌晨 3 点，楼下的超市 24 小时营业，但这个时间出去买东西的人终究还是少数，陆树下定决心要出去买一瓶酒。超市并不大，可光红酒的货架就有整整四层，他上下扫描，没看出来归类的特点是什么。他飞速地捕捉价格标签，很快锁定了下层 80~90 元的货架，然后他随手拿起一瓶。那是一瓶 82 元的葡萄酒，产区大概是意大利。他不认识酒标上的任何一个字母。只是这个价格对他而言正好。

回家路上，路灯似乎比方才稍微亮了一些，他抬头看月亮，发现它长得很怪，头上伸出了长长的触角，那像是鹿角或者胡须。

不知怎的他想起来一个人。是他的同事 J 女士。

他对葡萄酒的全部认知来自于和 J 的一次聊天——午饭闲聊期间的话题。J 是有三个孩子的年轻妈妈，在单位负责行政事务管理，是个小官儿。虽是二十七八的年纪，身材瘦削、干枯、僵硬。像把扫帚，除了有副好嗓音。你实在很难想象她用这好声音描述出来的家庭盛世和她本人有什么关系。

但不得不承认的是她是一个好主妇，她懂得的那些看起来几乎像一个专业厨师懂得的——她说，在举办家庭宴会的时候，她邀请了西餐厅有名的主厨，但是她仍旧指挥他做事。

她建议他分子料理都要经过再创新性温度实验，或者厨师们应该想出一个招数来。不然，在招待重要客人的时候，那些滑腻腻的分子鹅肝会很快化成鹅肝酱，让场面尴尬。新世界的新酒①都应该结合餐厅的菜品来推广，就像年轻的小姑娘总得打扮得有花样才行。她语气中带有对新世界葡萄酒的嘲弄，对欧洲老世界红酒文化的忠诚——像电影里那些贵族一样。她或许觉得自己很高明，华丽的嗓音铿锵有力，经常吞吐着同样华丽的食物名称：秘鲁牛油果酱、南瓜汤卡布奇诺、迷迭香羊排配芦笋等。她说这些的时候，陆树的脑子里不断闪现她在办公室里吃三明治的样子——她在认为没有人看见的时候就偷偷在椅腿横梁上揩手指头，每次几乎都在同一个位置。他想，过上个几年堆在那儿的油脂应该能喂饱一个蚂蚁家族。她很多次和同事们谈起，她很看不起那些顺应潮流的人，一个人一定要

---

①新世界的新酒备，新酒——这里指酒庄新酿产的品牌。

有自己不同的生活理念，确定一件事作为每日起床的动力。她说，尤其是那些贪吃而不忠诚的主妇，她们与她们的同类保持亲密的情谊，定期聚会，一方面为了炫耀自己的稳定，一方面从女伴们的舌根下偷师，学习如何神不知鬼不觉解决那些不能说出口的麻烦事。或者更重要的是，相同的秘密是同类相处的秘籍。

"这些人已经死了。"她沉重地总结。

她的谈判能力数一数二，职能核心部门的人都敬她三分。可她更愿意向公众表明这并不是她辛苦努力得来的成绩，而是她高贵的家族背景带给她的得天独厚的优势。

陆树想起她提供过甄别红酒品质的几个方向：年份、葡萄品类、葡萄采摘条件、酿造工艺。但陆树能从酒瓶上得出的大概也只有这瓶酒的生产年份了。

他把酒瓶摆在自己的正前方，酒瓶的旁边摆着家里仅有的一只价值 20 元的红酒杯。这像一个仪式，他的心里这样想的。拿出纸和笔，他在纸上写一些字，没有设想也毫无防备。

……为什么所有的彩色铅笔都要告诉别人自己是什么颜色的？而为什么所有明晃晃的事情都喜欢穿灰色的衣服？

Y昨天晚上死了。还有很多事没有来得及办，洗手间里泡着一盆全棉的黑色秋衣，它把自己灌得饱饱的，僵在盆里动弹不得；还有小姨子生前的户口，他还没有来得及去注销，他用了一年的时间来担心这件事所带来的麻烦，当然，也享用尽了这件事的好处——每个月小姨子的账户都会存入一笔数目相当可观的抚恤金供他买酒。这下他亲自死了，他甚至还来不及交代自己的抚恤金由谁来领取、怎么支配。

陆树写下这几个字之后停在那里，他不知道自己要表达什么。"这下他亲自死了"。这句话看上去是在说，死亡背后还有一种死，以更残忍的方式存在着，比生更隐匿，不易被察觉。他一阵得意。这是一句很棒的话，他很肯定。

他不知道自己的写作风格是什么，如果一个作家一定要确定一个写作风格的话，那么他的风格该是怎样的？由他人来界定还是由自己来说明？

是不是能像伍迪·艾伦那样轻松自在地表达对生命的担忧，用喜剧故事来包装他对死亡的理解？就像在《独家新闻》中的乔，一个在新闻界无所不能的灵魂回到阳界，他出现在一艘死神的船上并带来了一条爆炸性的独家新闻——一个显赫的家族继承人竟然是著名的塔罗牌连环杀手，而他的夙愿就是借活人之手报道这条新闻；在《汉娜姐妹》中，伍迪·艾伦所扮演的汉娜的前夫米基与工作同事盖尔之间进行了这样的对话：

"你没有意识到咱们的处境是多么岌岌可危吗？"

"你理解得到这一切是多么没有意义吗？一切！我指的是——我们的生命，我们的节目，和整个世界都没有意义。"

"对，我现在死不了，但是……我今天死不了，我没事儿了。我明天死不了。可是归根到底，我会又进入这个位置。"

是不是能像保罗·奥斯特？（婉约而深情地看待生和死，用无数迷人的细节来祭奠永恒的时刻？就像在《冬日笔记》里他站在自己的对面，直呼自己为"你"，像一个圆规那样画一个自己的，然后在任意一点暂停——"你小小的身体接近地面，这三四岁时属于你的身体，也就是说，脚与头之间的距离很短，而那些你不再注意的东西一度是你常见的、专注的：由爬行的蚂蚁和丢失的硬币、落下的枝条和压扁的瓶盖、蒲公英及三叶草组成的小世界。"或者在《幻影书》中他钻进一个在飞机失事中失去妻儿的人的灵魂，"我不太记得那年夏天我是怎么过的……我总是梦见海伦在旁边，而每每我伸出手想去抓她的时候，就会从梦中猛然惊醒，醒来后我两手颤抖大口喘气，感觉就像要被淹死一样。虽然天黑以后我就不再踏进卧室，但白天我常在那儿流连徘徊，我站在海伦的走入式衣橱里抚摸她的衣服，整理她的夹克和毛衣，把她的套装从衣架上拿下来铺在地板上。有一次，我把其中一件套在自己的身上，还有一次我甚至穿上她的内衣，用她的化妆品给自己的脸部化妆。那是一次美妙的体验，但经过尝试之后，我发现香水比口红和睫毛膏的效果更好。香水的气味能更活生生地、更持久地把她召唤回我的身边。值得庆幸的是，我在3月她生日时送了她一瓶新的第五大道香水。我规定自己一天只能用两次，一次一小滴，这样那瓶香水一直撑到了夏天结束"。）

是不是能像三岛由纪夫？（在美与恶、爱与丑、优雅与暴烈、青春与老朽、诚实与伪善、希望与破灭、均衡与破坏中被毁坏被造就？严肃而虚无，精致而沉默，把自己的模样刻在字里，把自己的生命也刻在字里。"不知怎的，澄子用和服的双袖捂住了脸，把脑袋沉甸甸地落在她身边的我的腿上。而后，慢慢地错开似的转换了一下脸的朝向，久久地一动也不动了。她把我制服裤子当枕头的这份荣光，使我的制服裤子也震颤起来……仅此一刻，尽管如此，我却永远记住了这种在自己腿上存在过片刻的、豪华的分量。这不是肉感，而只是某种极其奢华的喜悦。活像勋章般的分量。"）

是不是能像卡夫卡？（用清澈的风格来写污浊的梦境，把命运、处境、挣扎化为寓言。"我看到鸟儿像喷出来似的飞腾，我的目光跟踪着它们，看着它们是如何在眨眼之间升空，我的目光跟着它们直到我不再觉得它们在飞，而是我自己在往下坠。出于偏好，我紧紧地抓住秋千的绳子开始轻微地摇荡起来。不久，我摇晃得激烈了一些，晚风吹来，颇感凉意，现在天上已不是飞翔的鸟儿，却是闪动的星星。"）

是不是能像陀思妥耶夫斯基？（用文字一直行走在路上，在路上发现爱情，发现大海，任何一段路程都是人生中值得纪念的日子。

"街上热得可怕，而且气闷，拥挤不堪，到处都是石灰浆、脚手架、砖头、灰尘，还有那种夏天的特殊臭气。每个无法租一座别墅的彼得堡人都那么熟悉的那种臭气——所有这一切一下子就令人不快地震撼了这个青年人本已很不正常的神经。"

他轻描淡写地描写一个人或一些事，仿佛你能看见他瞥向那些人和事的眼神，闻得见他指肚上的烟草味。但是他成功地逃开了自己,你永远也不可能从他的字里窥见他。

"卑鄙的灵魂摆脱别人之后便要压迫别人。"

"你为何不骂我,却拥抱我?"

"因为世界没有比你更不快乐的人了。")

陆树有些热,在脱掉外衣的时候他瞥了镜子里的自己一眼。他轻轻地把外衣搭在椅子的靠背上,像是怕吵着自己似的。

"这下他亲自死了",陆树沉重地盯着这几个字,同时盯着自己飞速旋转的大脑,Y到这里为止从未思考过死,也未思考过生,他生的时候经历着日子,死的话,便是完全地死了吧?一个人的生命就此打住。总之,如果想让其继续"活"下去,那么在他生前,他就必须活得有期待,对生充满希望,对死也一样。

他需要为一件事一个人耗费心思,赌上很多时间。是的,必须有这么一出。

可是为什么自己一定要这么写?为什么一定要表达自己的主张呢?Y是五夜的父亲,又不是我,陆树烦躁起来,Y可以随意地看待死,也是没错的呀。如果一个作者写下的故事完完全全就在于实现他本人的"意图"或"主张",那么读书这件事和看演唱会就没有区别了,作者就没有必要说出他们想要说出的话，而他们自己写出的东向也无法触碰到他们自己。哈罗德·品特[1]在1958年写了如下的话：

在真实与假想之间没有明确的区别，在真实与虚假之间也没有。一件事物并不必然不是真的就是假的；它可以既是真的又是假的……一个作家的创作生涯是非常脆弱的，几乎是赤身裸体没有防御的活动。我们不必为此落泪。作家做出了他的选择，就必须坚持下去。但是，说真的，你必须面对各种各样的风浪，有些风浪冰雪交加。你出去只有靠自己，处于孤立无援的境地。你找不到遮蔽处，找不到保护伞——除非你撒谎——在这种情况下，当然，你就已经为自己构建起保护伞了，而且（原译：这可能很有争议），你就变成了一个政客……当我们看一面镜子的时候，我们以为自己所面对的映象是精确的。但是移动一毫米，映象就改变了。其实我们看到的是无穷无尽的反射。但是有的时候，一位作家必须打破镜子——因为在镜子的另一面，真实正在盯着我们。

任何无关紧要的事都从我身边溜走，仿佛火车窗外流

陆树的五夜

①哈罗德·品特，英国剧作家。

逝的风景。

　　因为写字，仅仅因为写字。陆树想，如果我写一首诗，我在夜里充分享用自由，我认识到自己充满同情心，为黑夜的永存而落泪，我是否可以利用我内心的风浪将我自己推置于比生更高的位置上呢？如果我写一部小说，很多个人物将在我笔下接受坎坷和报偿，或者心满意足，或者沉默寡言，或者自由不羁，或者无争无尤。生活提供一切素材，也摧毁一切理想。我将抱着写尽一个世界的理想，只写了一个故事罢了。

　　陆树忽然理解了自己的困难：我的问题在于我不愿意揭露自己，我只想写一个和自己无关的人，但是我现在面对的现实是，我本来只是想站在一个叫 Y 的人对面，观察他，分析他，记录他，可 Y 总是时不时变成了镜子的模样，盯着自己的想法和举动。

　　聪明的作者总不会将自己的意图真正地表达出来，他们善于声东击西，他们想谈生的价值，就会写死亡。读者已经知道人物想要表达什么了，却看见人物尽量地通过大量对话或者行为掩饰自己的本来面目，转而用这种方式表达出来。最重要的是，陆树无奈地想，他无法看得清这是自己还是自己假想出的 Y 的想法。又或者，为什么又一定要区分清楚呢？自己是在怕什么呢？

而某些勇气，究竟是自己的勇气，还是因为自己缺失而赋予 Y 所有呢？

而它们——或者说，有哪一方是真实的呢？

这下他亲自死了，那些之前牢牢拽着他的 ＿＿＿＿＿＿＿ 也彻底地一下子消失了。

陆树在纸上画出一个空格。空格里应该是一些令人肃然起敬的名字：爱情、责任、自我牺牲、道义、文化枷锁。这些是很好确认的，不好办的是，他要创造一个故事，为 Y 的死亡量身定制一些生活的希望，它们要具备处理其自身记忆的勇气和独特方式，它们长了很多副模样，它们未必欢迎所有好的境况，同样，那些正常的灾难也未必会伤害到它们。

它们是和过去息息相关的未来，它们回到未来的时候，能听得见列车从此刻驶向未来发出的轰鸣声，看得见那些弯弯曲曲，时而变宽时而变窄的阳光，那些被爱情吞吐的气体如何入河、渡海、蒸发成云，而后又变成雨水降回大地。

他斟满了一杯酒，出自女同事口中那些华丽的食物名称——淌过他的脑海。那些食物把他眼前的时间切成一条一条、一块一块，而且切了又切。

他抿了一口，液体顺从地进入他的口腔，他紧紧收缩着喉咙以免过分感受他预想的酸涩。很多遭遇都是可以被预想的，但不意味着它们就可以被避免。所谓墨菲定律①说的就是如此吧。既然如此，遭遇是不是本身就具有普遍意义呢？是不是在他将要写下的故事中，他可以挪用他所了解的所有？那些蜷缩在快乐的墙角的蠢蠢欲动的鲜血和砖头？那些被感情、荣誉、勇气、光辉的人类生活压制得喘不过气的死亡？

谎言呢？这个佐料呢？如果说这个世界上唯一有陆树又爱又怕的事物，那只能是谎言了。它也是唯一一个由情感组成的，又不被情感操纵的东西。它们使生活既肮脏又洁净，它们每天早上起床时，最大的快乐就是从镜子里看见自己的模样。而那模样正是人类自己的模样。陆树有一种预感，他隐约觉得自己在渴望某种危险，某种真正痛苦的洗礼。而他必须完完全全自己一个人去经历，不能受到他人的干扰。

酒精燃烧着他的食道和肠胃，很快使他觉得饥饿了，

①墨菲定律，墨菲定律的主要内容是——事情如果有变坏的可能，不管这种可能性有多小，它总会发生。

但是家里有什么吃的吗？他坐在那里没有动，凭记忆搜索冰箱里可能有的食物。接着他发现他什么都想不起来，而其实他知道冰箱的上层几乎是满的——只是那些食物似乎成为冰箱里的一种现象，而不是作为食物本身在那里存在——这个现象存在了不知道多少年了。冰箱里有太多被开启了过后然后被遗忘的咖喱罐头，它们甚至真的只是被打开了然后就被扔在那儿了。连续一星期，只要他一开冰箱，冰冷的、腐坏的肉酱咖喱味儿便让他不寒而栗，但他没有勇气把它们拿出来扔掉，他没有这么做的资格。最终总会是妻子捏着鼻子骂骂咧咧地把它们塞进垃圾桶。

无数已经过期和即将过期的食物，冰棍、牛奶、蓝莓、面包、面酱、果酱、豆腐乳、青椒，不记得什么时候喝过的半瓶红酒。他不知道如何处理它们，比如冰棍，他难以想象它在阴热潮湿的垃圾袋里融化之后的样子，他无法想象垃圾站的人居然能有能力处理那种情况。有一次妻子出差，他不得不处理一根过期的雪糕。他想象着它在塑料包装袋里融化后的样子，实在于心不忍，于是拆开了它们。但是很快他就后悔了。他把它放在洗手池里——这是他想到的唯一方法，奶油融化得很慢。他想象着它们之间紧密的分子结构如何被迫分离，彼此松散开来，虽然松散开来但并无去处，滞压在水池的喉咙里，一根本身也是毫无着落的管子。如果它吞咽过度就会造成生命危险。

陆树坐立不安起来，杯子再一次空了。他为自己添酒，却对自己做的事毫无意识——他的思绪跑到了另一个无关紧要的人那里。

那是一个女人。

大约一年前，他和妻子去参加一个女人的订婚仪式，那应该是妻子亲戚家的某位姨妈的孩子。可那不是个年轻的孩子，尽管她长着一双细小的平滑的双眼皮儿，但是眼睛下方和嘴边都有了可怕的皱纹。身形瘦小但骨骼奇大，在她停止说话的第一瞬间她会马上把自己的薄嘴唇抿成一条直线，很明显这是家教让她这样做的——这大概是她嘴边那皱纹长成的原因了。她令陆树印象深刻的原因是，她所表露出来的幸福都有一股不幸的味道，她的眼神时而会让人觉得充满生气，比如，那天她在敬酒的时候贴近陆树的耳边和他说话，身体前倾，右脚跟拘谨着贴着地面。这是一个标准的美丽女子勾引男人的动作，但是在陆树看来非常不适合她，而且她的生活显而易见——监狱。她说："吃完了你们来家里看看我们去欧洲的照片。"

陆树差点就笑出了声。

这个女人大概从 10 年前就开始妥协了，她做过小生意，赔光了仅有的家底和独立生活的机会。但那似乎也不是最重要的——你说不清楚是什么事真正影响了她，也没有什么人真正经历过她。她看起来温柔似水，实际上冷酷无情，她没有吵闹，不会发作。她越多过一天，她与生活就越拉开一定的距离，她的意志就越往下沉，沉入她自己也不可见的深处，后来她够不到它，她也就放弃了它。她在饭桌上并起双腿，如果保姆打碎了餐盘，她会施展比平时更迷人的微笑来说明自己的宽容。

她经常反驳别人："生活没有那么慷慨。"但是她心底里深深地感激将她从贫瘠拉到富足的那些际遇，为此她更加努力地生活。早在结婚前五年，她就掌握了未婚夫全部的生活需求，她一手操办他生意上的宴请，款待那些客人的过程令她对自己的生活肃然起敬，她的屈服变得越来越习以为常。陆树仿佛看得见当夜渐渐变深，她手脚冰凉，稍微一伸展就抽筋。

她平日里束缚、修剪自己，她退缩在他人面前，偷偷观察自己的反应。

从妻子那里听说，前年她几乎要和另一个男人私奔了。那是一种营养过剩的关系。你爱上一个人，给予对方所有之后，便不知该如何了。午夜的失眠更适合用来形容这种关系：你很困，可你睡不着。有些事牵绊着你，拖累着你，但你知道你必须要睡下去，因为这是这个时间你唯一该做的事情，这是一件对的事情，不对的是其他事。你惧怕它们，因为它们带着不友善的欲望，催促你破坏自己的安稳，它们敦促你摘掉戒指去弹吉他，脱下普拉达一脚踩进石子堆，在遥远的大洋彼岸乘帆船，而不是在午夜12点开一瓶红酒，用白醋一点点清洗昨晚晚餐时滴落在洛可可桌布上的油渍。不知道多少个这样的夜晚之后，她熬不住了，选择了逃离。

她用两年的时间经历了她以为自己最想经历的东西——玫瑰和砖头。她跟着新欢去了南方，开一个卖海鲜干货的超市，也做一些新鲜海鲜运输的生意。那两年时间里，他们过得辛苦但富足。只是生意很快不能存活了，她的男人想不出其他的营生了，与此同时，由于气候问题，他得了严重的哮喘，他开始害怕死亡害怕疾病，为了排除焦虑开始疏远人群，频繁进出寺庙，开始对她强调万物皆空，生命是如此短暂易逝，未来是多么美好而难以预测，天堂和来世的慰藉不过都是相同的效果。她最终回到了她放弃过的生活，而万幸的是未婚夫并没有抛弃她。在那个订婚仪式上，她流着泪对每个祝福她的人说："我们都要珍惜。"

回过神来的时候，陆树惊讶地发现一整瓶红酒只剩下一个杯底那么多了。应该买两瓶的，他想。这个想法使他吃惊。更使他惊讶的是他意识到酒精激活了体内的另一个自己，一些曾经反复支配他意识的记忆，现在反过来被他利用了；这些食物和人，这些和他毫无关系的曾经从他身边溜走的，仿佛火车车窗外流逝的风景，在他的眼前一下子清晰起来，甚至重要起来，充满意义。

如果说生活对任何人都公平地敞开大门，那么酒精就是打开后门的钥匙。

"你好。"书房有一个男人的声音。

陆树怀疑自己出现了幻觉，或者是自己喝太多了，出现了幻听。他晃了晃了脑袋，同时也晃了晃手中的酒瓶。

"你应该买两瓶酒的，然后下一次，你就会想，我应该买三瓶酒的……酩酊大醉几次之后，你就会固定一个数字，然后不管你当时的状况允许不允许，你会按那个数字喝个精光。"那个声音仿佛贴着他的耳根子，清清楚楚地又说了一句话。

陆树吓得跳了起来。他向前跨出好几米回头望去，这回他看清楚了，玄关位置的木椅子上坐了一个男人。夜光灯越过他的脑袋明晃晃地打在他的下巴上，他留着灰白色的小胡子，嘴角奇怪地上扬，并没在笑。

"我是五夜的父亲，也是你笔下的 Y。"

眼前的情形令陆树欣喜若狂，但他装着镇定自若。他有一种回到一本书的第一页或者电影片头的感觉，或者像是从未深陷爱河的女人通过一场梦境深陷爱河。对，这肯定是一场梦。他一点儿也不愿意像电影里的人那样，在自己的大腿上拧一把来确认是不是在梦中，万一就这么醒了怎么办？

他使劲地磨牙，然后他听见耳朵里传出"咯吱吱"的巨大声响。他一下子放心起来：眼前的一切应该是真的，就算是一个梦，也是一个由自己来主宰的梦。

"你要喝酒吗？"陆树抬了抬酒杯。

"你的酒没了。"

"我可以出去买。"

"第一次见面，还是不喝了。你老婆也没给你留什么吃的，你家冰箱什么都没有。"

"你还知道些什么？"

Y 站起身来，两手背在身后，在椅子旁踱来踱去。"我想我知道的太多了，我觉得这对你有点不公平，所以我来和你聊聊。"

沉默了一分钟左右，一切都是熟悉的，但完全是陌生的。

Y 复又坐在玄关的椅子上，仿佛这一刻起，一切开始真正算数起来。

从这一刻起，眼前的一切都暂时停止了，过去和未来的时间相约在此相聚。这个晚上，就像一个突然被搭建起来的大幕，演出正式开始。

Y 说："我是你的镜子。"

陆树向那把椅子走去，然后照见了自己的影子。"这不可能，"陆树晃了自己的脑袋，"这说不过去。我不可能看得见你，又看得见自己。"

Y 大笑："你喝醉了。在镜子里，你能看见一个人，这不很正常？"

陆树点头："是的，我喝多了。但我想起了好多事，我本来以为我都忘了。它们不是什么大事，我一喝酒，它们竟全都跑进我脑子里来了。"

Y 打断了他，有些得意："我知道你刚刚想起来一件事，就在一分钟前——你想起来有一次你跌倒了，当时你刚刚洗完澡，正站在浴室的镜子前，但却忽然晕倒了，你裸着身子在地上躺了一个小时，没有人知道这件事，后来你自己也忘了。"

陆树说："我没有忘记，我只是不想记得。我不想提醒自己多不幸。"

"有些事，你不想记起来，就真的会想不起来了。酒真不是个好东西。"Y 说，"不过别赖在酒上，一个男人想逃避自己的方式有很多，喝酒和撒谎都是，二者的相同点是在所难免地付出代价，不同之处在于，前者愉悦人的灵魂，而后者箍紧人的灵魂。

"你对五夜撒了谎。你不是厨子。而这还不是你撒的最大的谎。"

"其实我也不喜欢这个身份，可以说讨厌透了。但有些谎，你撒了，就没法停止了。不是说撒谎上瘾——撒谎是我见过的最繁重的脑力工作——当你开始撒谎，你就等于把自己像一颗石子一般掷入河流里，河流湍急或者安静，都不是你能主宰得了的，你只能被推着向前翻滚，或者看似自由的漂移，根本不知道下一秒钟会出现什么情况。"

"五夜说得没错，你天生适合写作，一件多不堪的事情都能被你说得充满色彩。但你的妻子甚至都不是 w，这个谎你撒得真无耻。你想过五夜会对你有多失望吗？你想过你妻子如果知道她的存在被替换了，她会怎么样？"

"有一天早上，我从破晓时分的昏暗中醒来，当时有一道柔和的浅灰色的光渗进卧室，当时我妻子的脸转向我的脸，她睡得很香，被单一直拉到下巴上。我惊讶地盯着她，她看起来太美了，这么多年过去了她还是那么年轻。我有很长时间没有正视过她的脸，白天是，晚上更是。因为不得不睡在一张床上，我们已经形成默契背对背睡觉。那样我们可能会觉得更舒服、更安全。可以说没有比这更可悲的事情了。但是那一刻我看着她，我似乎觉得一切好像没有变化过似的，她还是我最初爱上的人。但是我知道几小时天亮以后，一切又会恢复原样，我去洗一把脸，好像我真得睡醒了。我的婚姻已经走进了死胡同。W不是我的妻子，自从那一次在游乐场离别，我再没见过她。我问过自己很多次，那是爱情吗？百分之百的答案都是否定的吧，但我就是忘不了W。她就像前段时间烙在我妻子胳膊上那道伤疤，时间越长越鲜红。

"我知道我对五夜犯了个大错，我不该撒谎，可是我不后悔。撒谎就像是人的阴影，可是这阴影也属于这个人本身，你知道的，喜欢撒谎的人比任何人都善于分析谎言。他们都知道，在这片阴影中还有一个很清晰的形状可辨的东西，它早已摆脱了阴影的控制，它只是停留在那里，帮助它的主人发现新的光明。"

"你别这么说，显得你撒谎这件事还充满了牺牲精神。你还记得你参加的那个订婚仪式吗？哈哈，你记得，刚刚你还一直想那个女人，还有她的经历。你一直记得她，你觉得和她相比你很骄傲，但是你的记忆出卖了你。你羡慕她甚至嫉妒她，她遭遇的末日是你根本不敢触碰的梦想。还有你的同事J女士，有一天晚上，你做梦梦见了她，她表现得比平时还令你讨厌，她当众戳穿了你，关于你隐瞒客户行程向公司要接待费用的事情，以及你那次其实没有去湖海县出差，只是派助理去露了个面，却在公司内部会议上言辞凿凿，表现自己争取了和老客户的长远合作。

"在梦里你让J获得了幸福——老公的疼爱，生活的富足，她甚至还变了个新模样，改掉了坏毛病，你梦见她因为她一直都是你工作上的得力伙伴，甚至因为你知道她的讨厌之处正是她的可爱之处，你觉得自己很排斥她，她一无是处。可只有你的内心清楚你对她的认可。"

"我否认！"陆树激动起来。

"你否认不了。"Y略一停顿，加重声调里的严肃意味。

"你们小区的门卫王，你有一次在夜半时分目睹他送一个酒醉的家庭主妇回家，门卫王在给你打开大门之后就忙着搀扶早就倒在一边的女人，你认识她，她是住在隔壁单元顶层的在西门大街卖衣服的女老板，你曾看见过有一个年轻的男孩子经常出入她的店铺，在加班回家的夜路上你看见男孩子将她送到家门口，他们应该没有奸情——你看见他们礼貌地彼此告别，连手都没有牵一下，而今天她明显受到了爱情的伤害。你一眼就看出了这一点。你的目光远远地跟着搀扶着女人的门卫王，你觉得他很无耻，甚至你恼羞成怒。因为你觉得他知道一切——女人和年轻男孩的关系，女人和其丈夫的关系，在她的身上发生了什么。你的猜忌把你的目光送出去很远。你如此厌恶门卫王，但是你厌恶他的本质不是他的八卦精神给你带来的危险，而是他离真相更近一些，他站在你们的肩膀上俯视你们。你厌恶他，实际上你害怕他。你觉得在他那里，同样的事情不会发生两遍，而对你们而言，一件事情将发生无数次。"

Y中断了发言，仿佛在等待陆树，陆树在这个时候该说点儿什么。无论是辩解、推翻或者延展，就像一部变奏曲到了一小段该变奏的曲阶。

陆树开口说话："我不知道说什么，也许你说得对，但是我发誓，这个人在我的生活中连0.1%的位置都没有，我何必去在意他是怎么样的人？"

"No No No！"Y用食指在陆树的眼前摆了几个弧度。"你还是没懂。关键不是他是什么样的人，而是通过这么一个人，你却恰恰能重新认识自己——就在三周之前，你发现门卫王神神秘秘地从19号楼里出来，手里拎着满满一袋垃圾。你余光瞥见他，本想加急几步快速离开，谁知道王看见了你，远远地和你招呼起来。你勉强笑笑，眼神在那袋垃圾上停顿了几秒，脚步不由得放了缓。"

"有这么回事。我记得。但这又怎么样？说明什么？"

Y得意地笑："也许，我们大多数醒着的时候其实是在沉睡之中，只有睡着了才看得见清醒时看见的一切。当天晚上你做的梦还记得吗？大概由于你自己觉得它太无足轻重了，一觉醒来就忘得一干二净。但我还记得，记得很清楚。而我之所以记得清楚——因为我没法像你那样欺骗自己。哦！大概，你还不知道自己骗了自己呢。在那个梦里，时间退回到几个月以前，还是夏天的时候，一双眼睛透过被大风吹得左右摇曳的树影，偷偷窥视着19号楼二层的某户窗户里。一个曼妙的女人身姿在窗户里晃荡，她穿得很少，时而小步奔向厨房方向，时而又信步在阳台的花丛中，抬起脚摆弄着高处的吊兰，雪白的肚脐从衣服底下跳跃而出，刺得那双眼睛睁不开。

"接着那双眼睛消失了，落在了女人的脸上，那是在小区的门岗前，女人正准备外出，门卫王疾走两步替她刷卡开门，女人微笑道谢，并不知自己的背影拖着那对猥琐的目光走了很远，直到小路尽头。又是一个场景：一片灰蒙蒙的雾霾，绵绵不停的雨被狂风吹送着飘向远方。小区里人烟稀少，门岗处有一只在暗处隐隐发亮的烟头。紧接着烟头被带出门岗，湮灭在雨里。一双脚步在雨中急急向19 号楼奔去。这次区别于往次，他没有靠近窗前，而是停在 20 米开外的房檐下，又点燃了一支烟，显然在等待着什么。大约五分钟后，一个女人从楼里走出来在雨前踌躇了几秒钟，最终只是把手里的垃圾放在楼门口便匆匆抱着胳膊回去了。

"烟头再次被湮灭，那双眼睛像迅捷的豹子那样注视着她拐进通往前厅的拱门，接着落在那袋垃圾上。回到门岗的时候雨忽然就停了。小区里开始有人出没，搁在门岗处的垃圾袋开始变得招人耳目。门卫王匆忙请了假，带着那袋垃圾回到了宿舍。这一次他得到了不少收获：女人扔掉的快递包装袋，尚未销毁的快递单号上有女人的电话号码；从连续两周都没有从垃圾袋里发现用过的避孕套这一点可以断定，她和那个相处不久的新男友应该又分手了，难怪最近都是她自己出来扔垃圾；有一盒过期的治流感的感冒冲剂——他拿出来看了看日期，过期了。还有另外一个盒子，日期很新，一看就是新买的，半个月的服用剂量。看来她已经病了很久。最让他惊喜的是这次他终于拿到了他盼了好久的东西——女人丢弃的内裤。它被女人塞进了卫生巾的外包装里，裹得严严实实。他抖着双手把它拿出来，果然它与他平时想象过无数次的样子几乎一模一样，他贪婪地把它贴在自己的鼻子上深吮了一下就塞到枕头底下了。第二天路过门岗，平时几乎不会正眼看门卫王的你下意识地飞速地瞟了一眼对方的脸，你仿佛要检查某样东西。"

　　陆树半晌没作声，显然他想起来了，这的确是自己做过的梦。但如若不是 Y 提起，他不可能记得起。大概是他清醒时候的意识令他感到羞愧，是的，是为自己，而不是梦里的人。

　　Y 洞察到陆树此刻在想什么："还记得我刚才说过的话吗？"他围绕着陆树的椅子打圈。"我们大多数醒着的时候其实是在沉睡之中，只有睡着了才看得见清醒时遇见的一切。你看见的并不是事实，当然也有可能是事实，事实有太多种可能了，所以你'看见'的，决定了你是如何认识对方、认识自己的。"

　　所以呢？陆树心里想，所以我生活里还有我认识的人吗？他们究竟都是些什么样的人呢？我该不该相信自己呢？

　　"所以，现在我说说五夜吧。"

　　陆树心里一惊，最终 Y 还是提起了她。在这个世界上，五夜对陆树具有某种唯一性，而眼前的 Y，对五夜也具有某种唯一性，甚至此刻他谈及五夜，陆树立刻觉得自己只有闭口不言。

"小夜，她自小就是个极具智慧的姑娘，你得注意我用的词是'智慧'，而不是聪明，或者漂亮。"Y继续围着陆树转圈。"当然不是说她不具备后者，而是因为在生活给她太多冷酷的打压之后，她似乎仍然是胜者，而仅仅是一个聪明漂亮的女人是不足以成为胜者的。她好像一直都是那样姿态：头脑清醒，占据着上风，魅力十足。很多人都喜欢她，觉得她热情洋溢，实际上她之所以能这样，是因为她的灵魂高明于她的情感。尤其是对于男人——她洞察力惊人。当她与某个她可能喜欢的人相遇，她几乎不用花什么功夫就能断定对方的深浅：家境、教养、学识、工作——这一点不怪她，她对这些的敏锐程度远超于她自己能控制的范围。她也不喜欢自己的敏锐，因为那意味着眼前人儿的生鲜美好，会随着自己犀利的心冷却掉，她不喜欢火苗被扑灭的感觉。于是她经常会一边捂住自己的眼睛，一边集中注视着对方在那一瞬间侵占她心的东西，并无限延展其美好性，拿着放大镜一遍遍仔细查看。就像做爱时善用技巧获得最大快感的女人，与此同时，另一方面的她已经迅速冷静地按下这段关系的倒计时。当然，有的时候她也并不清晰，将那倒计时改了又改，投入得越来越多。

比如，她的那段婚姻。比如，她谈的那些恋爱。比如，她与你。"

不知道什么时候，两人换了位置，围着藤椅踱步的变成了沉默不语的陆树，而藤椅上坐着的是将话题跳转到儿子陆橡身上的 Y。

"很多次你路过你儿子的房间，你都会觉得很不自在。其实你也知道，你和你妻子在饭桌上讲话，儿子埋着头，你路过他房间的时候，他也是埋着头的。你觉得哪里很不对劲，因为仿佛你一直只有资格承受结果——从一开始这个生命的存在就是不允许你选择的，你就是觉得哪里很不对劲。有一次你站在天桥上，看见天桥下有一个身影在狂奔，那个身影你再熟悉不过，儿子那特有的跳跃式的奔跑方式和他斑马纹的书包。你看见他奔跑的速度吃惊透了，但吃惊的同时更多是你无法形容的情绪——远远超过你能预料的：你的儿子，正以最大的速度和激情冲向另一个男孩的怀抱。他们在人群拥扰的街头紧紧拥抱、接吻，眼里什么人都没有。后来你的记忆自动屏蔽了这件事情，你无法对任何人提及。你哭了。"

"对，我哭了。我记得。"

"你反复在做一个梦，那是一个你永远无法启齿的梦。

你梦见你和 W 上床——确切地说那不是 W，而是一个年纪始终在十五六岁的少女，你不认识她也从没看见过她的脸，你知道是你的念头把事情变成了这样——一个念头变成一样东西，使逝去的东西、已经离开的东西复苏。你们做爱的过程也都是千篇一律的：尽管你们之间早就达成了默契，她还是生硬地坚定地把自己的裸体展示给你看，仿佛她不这么做，你就会随时改变主意。她要看到你眼里一点点流露出更繁茂的火才会放心。你没有脱去衬衣，因为你没有把握把自己已经不年轻、不紧致的身体曝光在这个坦白得毫无痕迹的年轻的——不，是幼小的身体面前。你痛恨自己因这身体燃烧起来的所有欲望，你低着头看着自己已经肿涨到发烫的东西。她不耐烦地哼唧起来，'亲我，'她命令你，'从脚趾开始，慢慢来。'她舒展地趴在床上，你试图将她翻过来的时候，她坚定地再次发出命令，'就这样。'

"你有些想发笑，不知道这个孩子是从哪里学到的这些。但她所做的一切都统统生效。

"你刚刚用舌尖抵达她身体，她就颤抖起来，随着你的演奏的变化，她颤抖得更加厉害，她似乎被你双唇的热度吓坏了，但眼前的景象是她在这之前预演过无数遍的。

陆树的五夜

"这个女孩的预演都是你的预演，她是你的初恋、你的爱人，你唯一没有害怕过的女人。"

"没用！"陆树愤怒起来，"你不能因为这些指责我，那没用！每个人都如此。你敢说你不是如此？当你走在大街上，坐在公交车上，对着一张陌生的脸出神，想着一些肮脏的事情？你怎么能给自己的梦下结论？我知道你要说什么，没有任何意味的东西意味着一切，在生命中我首次感受到被注视，被你注视。正因为如此，你得想想我承受的！我的儿子不爱我。他甚至不是我亲生的。虽然你一直在窥视我，你也只谈论我的不幸，但我为我的生活付出过努力。上个月的一个周日，距离儿子15岁生日还有一个月的时候，我和妻子以难得团结一致的打算为他庆祝这个具有人生重要意义的生日。我们几乎同时想出了一个点子——把在海海公园的西餐厅——那是我们一家难得都喜欢的又离家不远的西餐店——包下来，叫来儿子所有的同学或者朋友，允许他们大口喝酒，疯得不像样。像电影里那样。我们甚至兴高采烈地商讨了好几个晚上，然后想出了一个点子，在儿子的床底下铺满海贼王的手办和海报。

"对了，前提是，我对在天桥上看见的事情保持缄默。"

"接下来我们为这些点子兴奋得睡不着觉，有时候讨论到半夜。当其中一方从短暂的睡梦中惊醒，碰巧遇见另一方也睁着眼睛，也会毫无违和感地继续这个话题。我们夫妻两人头脑中的画面各不相同，但是描绘它的语言是相似的。在那个空气发热的西餐厅里，树叶被充满非凡活力的气浪托起，热切而明亮。"

"我也记得这件事啊。"Y就像一位酒足饭饱闲来无事在剔牙的雅痞士，"那天的结果是，陆橡没有出席。你们夫妻两人在空荡荡的餐厅里吃了一顿饭，餐厅的服务人员都以为蛋糕里藏了戒指，因为那场面像极了你们的结婚纪念日——你们俩都忘了在蛋糕上写字。你们尴尬极了，于是不得不点了牛排和红酒，于是你们度过了无比糟糕的，从没有比那个更糟糕的一个晚上了。面对巨大的沉默你们不得不在陌生人的注视中东拉西扯。那天晚上，大概是因为空气格外清澈，月亮很圆，墙上有一方月光，你一边喝着杯子里的酒一边看着它，它瞪着你，就像一只巨大的、混沌的盲眼，一只斜视的眼睛。

"你一直叫他陆橡，你的妻子叫他小橡子，你和你的妻子都没有觉得这有什么关系，你们甚至从来没有察觉这里面的区别，真是可笑又可悲。可是那个敏感的孩子一直为这个耿耿于怀。你不知道，你的妻子不知道，谁都不知道，可能那个孩子本身都不知道他那么在意你的意见或者感受。"

"在天桥事件之前，我偶尔，也许是经常会想到的事情是——他已经 15 岁了，他长高了，穿着新衣服，裤子闪闪发亮，为某个人忧心忡忡。他再也不是我的儿子了，他一定最想摆脱这个身份，他在心里看不起他的父亲（是继父），他清楚是什么使得那个无用的男人的成就止步于此，而他也清楚自己将轻轻松松走得更远。

"他似乎一夜之间完全变了一个人——站在十字路口，双手插在口袋里，急急忙忙地，要去拜访一个新朋友。他已经交到新朋友了，他已经有了新的打算，有了想去也一定会去的远方。

"他一定已经抽烟了，这事儿他瞒得很好。他如果抽烟，那么他一定谈过至少一次恋爱了，是一个帅气的男朋友。他有没有因为 TA 惊动自己的打算？他的打算是什么？他常常穿着的衣服是什么样子？他怎么看待自己的打扮？

"他的口袋里塞些什么？如果在街角他忽然停顿住自己的脚步，他正在对自己说些什么？他有没有搞懂过什么？有没有想到过死亡？即便在天桥事件之后，我都时刻抱有同样的疑问，因为，我把他当作我的孩子，我把他当作我生命中的过节，当作自己前进的障碍物，当作我每每在大街上走着，想到了就会脚下一软的重要事物。也许我妻子觉得我不喜欢这个孩子，也许我的表现就是如此，可是我该怎么解释？我很爱他，但我无能为力。有一次，妻子要我询问儿子关于他在零花钱上撒谎的事儿。但我只说了个开头，就止住了——陆橡驯服地站着，双腿一前一后，左腿松弛地前伸，却目光如炬地盯着窗外。我不知道他在看什么，不知道他在想什么，唯一能确定的是那都和我无关，那目光如闪雷如飓风，投射向我永远也不可能知道的方向去，可能我连迷失其中的资格也并不具备。我听见他身体里发出的噪声，虽然他一动不动站在那里，我仍然听得见那些嗡嗡的声音，浑蛋、魔鬼、妖怪或天使那刻在他的身体里斡旋，而我对此一无所知。我不说话了好一会儿，他才不解地转回头看了我一眼，我对他说：'你走吧。'他不可思议地盯着我。我重复说：'你走吧，去玩吧。'

"从某种角度来看，你的儿子比你更痛苦，他长大了，可他比你更无能为力。他不喜欢女孩，他喜欢过很多男孩子，好吧，可能还有一个女孩。

"但他不仅不能告诉你们事实真相是什么，甚至他早已单方面地认定自己不会幸福，他早就认定一件事：就是他的人生比你们俩的都要艰难、都要不幸。有一天晚上你路过他的房间，你听见里面有对话的声音，你趴在门上听了一会儿，就走开了。"

陆树的五夜

"因为那样不礼貌,我不能偷听孩子们的秘密。我不想知道。"

"你不是不想知道,而是不敢。你不敢面对那个孩子,你怕你知道的秘密会令你无所适从。但是你不知道,你的孩子正在进行一场痛苦的演习。"

"演习?"

"并且这不是第一次了。他苦恋已久的人要彻底离开这里,他想要请他一起去吃一次很贵的饭,他们可以一起喝酒,认真地说一次话。他一遍遍地对着对面的空椅子练习自己要说的话,牙齿发抖咬着舌尖。他走来走去,一会儿扮演自己,一会儿扮演空椅子上的人,那是你不会听到的语气和对白,一个小小的凶猛的爱情向另一个小小的身体压去,你不会想象得到那个场景。那是一种无法被描绘的画面。但在你们面前,你们的孩子习惯暴露自己的丑,对他来说那比展示自己的美来得有安全感得多。"

"我有那么糟糕吗?我真的不敢相信。还有比这更糟糕的事吗?"

"有!"

"有?!"

"你不仅是一个无知的父亲,更是一个糟糕透顶的丈夫。"

陆树没有回应，他无话可说。他并不是赞同 Y 的话，只是长久以来他习惯了在妻子面前成为一个不成功的男人，一个示弱于她的男人，既然如此，那么即便他心里并不认同，他也必须继续成为下去，从这个基础而言，他没有资格谈论自己的感受。外界所有的评论都有效。

一阵大风吹过，似乎吹开了门，Y 起身去关门。接着他趴在门缝上看了起来。

"你在看什么？"陆树疑惑地问。

"看你的妻子。"

"什么？她还没睡？"

Y 得意地转过身："我不知道，但是至少我知道去瞧一瞧。不像你，一直那么愚蠢地自信着。"

"你什么意思？"陆树讨厌这种意外的感觉。

"虽然你一直屈从于她，她的心愿她的意见你都听从。但是你很清楚你心里的她是什么模样——自私虚荣，贪婪无知。你害怕她在夜里提出亲热的要求，于是你告诉自己不能打扰她睡觉，你的虚伪先于你自己对你发号施令。"

陆树面前浮现妻子的模样，午后某个时分她靠在椅子上，枕着阳光睡着了，眯着眼，但是她的腿紧张地闭合着，一点儿都没有松弛下来。

"对了，"Y看出他的心思，'在你心里，她就是这样。她爱做饭，但永远做得那么难吃，而且非要把做饭搞成一种严肃的仪式。她买的新裙子你一眼也没瞧过，虽然有个念头在你的脑海里一闪而过——她买那些裙子是给谁瞧呢？算了，反正你也不在乎。只要她别来烦自己就好。

"在你看来，你的妻子，一直把精力花费在一些没有必要的事情上，你觉得看透了她，你觉得她低你一级，所以你对她妥协，你对她的妥协恰好证明了你的优越感。"

"不！不是这样的！我很爱她。我没有出轨过。"

"哈哈哈，"Y看着陆树的眼神就像大风直扫湖面，"你没有，因为你要得更多，不仅仅是肉体上的僭越。所以你才会有一个笔友，所以才会有今天你我的谈话。"

"够了！你何必这样羞辱我？没错啊，我不是一个能让我妻子满意的好男人，但我确实爱她，我爱过她，她曾经为了生下陆橡那么勇敢，几乎放弃了自己。这么多年，每次我想起她站在我对面，坚毅地说——我已经没有选择了，但是你有——我就觉得自己的付出都是值得，不是每个女人都能做到。"

"没错。你说到了关键。你很清楚，她是需要爱的，所以你才会一直惩罚她——惩罚她的变化，惩罚她搞不懂她自己的爱，也搞不懂你的爱——你的惩罚方式就是对她有求必应，但是从不真正靠近；你的惩罚方式就是你知道她一直在装扮自己，扮演一副贤妻良母的样子，你心知肚明地在一旁看笑话；你知道她其实不知道自己想要什么样的生活，却极力地想与其他人一样对生活充满孜孜不倦的热情；你看出她的用力，却因为你自己的冷漠和你的报复心，而从来不对她指出她的用力不当。"

"我也不想这样！不知从何时开始，她变得那么爱慕虚荣，喜欢占有所有的好东西，任何她的女伴儿有的好东西不管适合不适合她，她都想要。她喜欢大张旗鼓地做一顿饭，桌子上摆七个碟八个碗，却从来也不问我和儿子是不是好吃，对！从来也没问过。她常常斥责我挣钱少，但好像她从来看不见沙发已经多旧，还有破烂不堪的厨具……当然了，我不能回击她说，你把钱都用在买新衣服上了，她只会更凶狠地反击我挣钱太少。虽然这段婚姻名存实亡，可我对这个家也是付出了全部！"

整个屋子仿佛陷入了陆树占有上风的氛围里。时间寂静无声地行驶。屋外有吠声划破了短暂的平静。Y重重地把身子压回椅子里，咧开嘴笑了。"你仍旧不明白。"他说。

"不明白什么？"

"你不明白人生的真谛。我认真地拿着一张报纸，表情认真地给你念上面的新闻，你就会对我嘴里的一切都信以为真，对不对？"

"这是什么意思？"

"你就说对不对？"

"对……"

"你有没有想过，假如报纸上的新闻是假的，或假如我们压根没有读懂新闻里的暗示，无论听的人，还是念的人，都是受害人。生活本来就是错的，这么多年过去了。曾经对她而言那么清晰的生活目标——生下一个孩子，把他养大，早就变化了，也变质了。她曾经巨大的动力和能量被生活稀释了，她以为的重压，不是像她想象的方式那样一下子压在她身上，而是变身为生活里那些没完没了的琐事，她不明白，你也不明白，生活里没有她以为的那些大事，只有小事，她的痛苦就在于，让她充满动力，充满热情的那件事再也没有过了。只有对你的冷漠和远离，仿佛才能表现出她自己的强大，才能让你觉得她的付出，她的爱是要争取的，是不易得到的。

"那个意大利的骨瓷，还记得吗？"Y 忽然说，这几个字他说得很慢，每说一个字都似乎要停一停，等着陆树的反应。

"记得？"陆树不安地看着 Y，不知道自己又要面对什么事。

"你不小心打碎了，你很是惴惴不安了一段时间，后来庆幸地发现什么事儿都没有——她可没找你的碴。庆幸之余你又想，几年前有段时间她几乎是稍稍闲着就拿一块抹布去擦它，到现在它不见了她都没发现。"

"难道不是这样吗？不过我也能理解，她就是那种热情很容易转移的人，一件衣服她今天还爱不释手，没过几个月就会忘得一干二净了。

"当然不是，她第二天就发现了。她甚至第一时间就找到了你拿废报纸包好，还没来得及丢掉的残骸。但是，她自己也没料到的是，看着那堆残骸的第一反应并不是暴跳如雷，而是轻松。仿佛有人不小心把压在她心上的一块宝石移开了。她也没料到，万分重要的东西破败的同时，她才意识到其原来并不重要。

"也正是那天，她独自开始了缓慢的并不平静的反思，自己的生活中还有什么东西是和骨瓷一样的呢？她有些害怕承认，但是她已经能辨认清自己承认了什么。

"也是从那天开始，她有了失眠的毛病，每当你以为她已经睡得很深了，实际上她和你一样，睁圆了眼睛，自己在自己的脑海里游荡，她清楚，是过去的日子使得你们之间横着一道鸿沟。那天你收到五夜的第一封信在书房一夜未眠，她也在床上醒着到天亮，她意识到你的变化，也意识到自己的变化，她发现很多事情，比如，她从来都是自己按时去睡觉，而没有邀请你一起——即便你在家也没有忙工作的事，你常常熬夜，她只顾着生气却没有过问你熬夜时在做什么。比如，她一直热火朝天地做饭，却从没有问过你们饭菜如何。为此她做了一个试验，某周三晚餐她做了平时只有周末才会做的肉丸子汤，她做了一些改变：把盐巴改成了方糖，然后当你咽下第一个肉丸子的时候观察你的反应，然后你没有丝毫反应，于是她也用筷子夹起了碗的肉丸子咬了一口，甜得让人作呕，她皱着眉头，直到看着你吃下第二个肉丸子，她扔下筷子离开了餐桌。"

　　Y 停止了说话，盯着陆树的反应，意思是在问，你还记得这件事吗？也或者是在问，你还记得那些肉丸子的味道吗？那甜得令人作呕的肉丸子。

　　陆树也盯着 Y，不置可否。显然他并不知道。

　　"很显然你妻子知道了她想要知道的东西。"Y 的眼神说。

　　陆树低着头看着自己的棉布拖鞋，他动了动脚趾，于是拖鞋也动了动。他一动不动，拖鞋也一动不动，这是一双有可能在其他任何一个家庭里出现的拖鞋，无任何值得被探讨或者观察的特色，他穿了它们两年了，鞋底和鞋帮之间衔接的麻线都已被磨得四处开花。不过也就是几个月以后，它们就会彻底挣脱开线，因为不能再被使用而被扔进垃圾桶，甚至丢弃这一行为本身也是不被察觉的。

窗前星光点点，熟悉的狗吠声连绵起伏。他胡思乱想着，脑子里刮着阵阵大风，把本来搁置得好好的东西吹得七零八落，但又有一把扫帚很快把它们扫成一堆。事件在有效期内被一一重组了，人物也变了模样。依稀之中一个影像越来越清晰：阳光下，妻子穿着一件粉红色的polo衫，一头黑发从前向后梳，低低地在后颈窝绾了一个发髻。她脸上发着亮光，这亮光一半来自于外界光线的投射，一半来自于身体里的爱情。她坐在餐桌的对面，轻蔑地说，这个女孩子就是想来一场恋爱，但她真虚伪，我不喜欢虚伪的女人。紧接着，她愤怒地站起身，把眼前的肉丸子一股脑泼在对面的人身上，她歇斯底里地喊着，我的生活就像这锅丸子一样！就和骨瓷一样！我的生活就像这锅丸子一样！就和那骨瓷一样！我的生活就像这锅丸子一样！就和那骨瓷一样！

接着是另一组画面：

他和儿子分别吃完了妻子准备的两片面包和一大锅

粥，接着儿子抓起书包离开了桌子，只留下他一个人，他也赶着去上班，可无论如何他也吃不完碗里的粥，明明他一仰脖灌下最后一口粥，仍然还有一碗粥摆在眼前静静地等着他。

跳楼机下，人群集中的不远处，他窥探着一对年轻男女，男孩恐惧地紧闭双眼，而女孩心满意足地看着他的脸，忽然一阵大风吹起，掀起了男生的帽子，惊慌失措的反而是女生，她手舞足蹈地大喊大叫："本来你是可以抓住它的！本来你是可以抓住它的！"

阿图奔跑在一个不知名的沙滩上，陆树紧随它身后。那是一个大晴天，热烈的日头紧紧跟着阿图的步子，仿佛也在探究它的去处，是的，它要去哪里呢？沙滩上空无一人，周围一片寂静，没有海浪的呢喃，没有奔跑发出的"嗒嗒"声，没有风擦过耳边发出的巨大声响，所有的声音都消失了，恍如另一个世界，仿佛他也不在这个世界。地平线上，太阳如独眼巨人的眼睛，正静静注视着阿图的奔跑。

阳光忽然吼叫起来，穿门离去。陆树被惊醒。

准确地讲，陆树只花了 10 个晚上，就写完了初稿。并不是他有意要在晚上作业，而是兴奋令他根本睡不着。妻子变得很反常，她对他的熬夜仍旧不过问，只是非要等着看陆树吃下早饭睡下才会出门。直到有一天陆树告诉她他决定辞职了，辞职之后也不会立即去找一份新工作，而是要写一本小说，在那之后找一份相关的工作。妻子表现得异常冷静，她坐在餐桌前，对她而言那是一张大桌子，她矮小而瘦削，洗澡后头发还没干，身上仍是那件破旧的浴袍，她一边梳理着半湿的头发，一边坦然自若地回答："挺好的。"接着她用不变的声调说，"等你找到工作了，我也要辞职了。我要出国学习。"

"为什么呢？去哪里，学什么？"陆树吃惊地问。这是这么多年以来，除了结婚前那次，她第一次做过的重大决定。

"学习出版。因为我知道你要出书了。在那之后，我可以自己开一个印刷公司。"

陆树盯着妻子梳理头发的动作，他知道自己在微笑，但他一动不动，妻子继续说着什么，周围一片寂静，静得出奇，仿佛自己耳聋了一般。他只知道自己在微笑。

"还有那么一些人，还有那么一些人。"陆树反复重复着。他的眼前出现了一个画面，时间和空间忽然分别止住了自己的脚步，彼此纠缠在一起，过去的时间被带到了将来，而将来的生活变成一张照片停格在现在无法动弹。一些人的脸孔和身形沿着这些动荡找到了自己的归属。最后它们统统上了一辆火车，火车驶出画面，代表驶向未来或者电影中提供的一切可能性。但是在那飞驰的弯道上，一切都是静止的。它越是飞奔，越是离永恒更近。

某 A，陆树已经不大可能记得清他的名字了。他也记不得他们初次相识的场景。他只是大概记得他通过一个叫作阿宝的人认识了他。

很难形容得清楚他的气质，他在和人谈话的时候喜欢微微抬着下巴，就好像他必须通过这么做才能使对方真的看重他要讲的话。但是如果他不讲话，或者一个人独处的时候，他的眉头便始终紧张地拧在一起，直到他再次和人交谈。

他的语言风格亦是华丽，虽然饱含负面的情绪，他的语调冷漠舒缓，拖着长长的尾音，与其说是高贵不如说是丧气，总能把人载下去一层楼。

如果他能够说，"为什么不呢？""我看不出来什么问题"，就绝不会仅仅说出"好的"。他只是为了这么说而这么说。

"他所经历的事情也是如此，他好像只是为了经历那些而去做那些事情——"阿宝说，"他本来是南区很有名的夜场董事，半年前突然将手上所有的生意转了出去，开始倒卖文玩，显然这项工作不能使他赚到什么钱，说实在的他也根本没有做这行的能力，被人骗了好几单生意，在他手上倒腾出去的那些玩意儿，使他很快在这个行业里臭名远扬，他很快开始赔钱，后来几乎倾家荡产，唯一的好消息是他的财迷老婆借着这个事情离开了他，她一边带走了全部的家当一边指责他使她失去了一切，她在离开的那个凌晨痛哭流涕，诅咒他不得好死。当她把自己狠狠摔出门的时候，他一时还没反应过来，不敢相信一切来得如此轻快。仿佛黑夜还在，黎明迫不及待地要来临。

"但他不得不向我借钱来添置一些生活必备品——吃饭的桌子、睡觉的床，他倒霉的妻子收拾走了所有的东西却戏谑地留下了娘家陪嫁来的一个木质结构相当精致的梳妆台，那是一个具有民国西洋风的楠木老家具，贵气十足，与当前这间房子的落魄境况比，它的存在更像是一种无声的悼念和讽刺，讽刺在这间屋子里发生过的如此这般荒谬的一切。

"它本来应该有更好的去处却被抛弃或者遗忘了。"阿宝对陆树说，"A 把所有看过的旧报纸、旧杂志以及等待处理的空酒瓶一股脑儿地堆砌在它身上，报纸平铺在桌面，然后几十个厚重的酒瓶子压在报纸上面——在它宽阔平整的台面下方错落有致地安插了五个带着古金色铜扣的抽屉，它们被分别塞满了在 A 人生最富贵时期所拥有过的私人财富——几只名贵的手表，未被拆封包装的高尔夫球，印有爱尔兰徽章的限量火机，五颜六色风格不同的领带及领带夹，具有雅痞风格的各个国家的军刀——它们中的随便一个拿出手都足以招致一片惊叫，甚至还有他在倒卖文玩时候被滞留在手里的一些说不出年岁和质地的大大小小的古董玩意儿，全部被他塞进了这几个抽屉里，在他来看，他不记得他是在何时何地以何种情况拥有了它们，这些东西不具备等同'过去'的意义。他无法将它们归类，它们的价值只在于它们本身的价值，它们等同于当前货币的流通价值，和他及他的人生并无交集。

"这些唯一能够代表他生活经历的东西，或者说能够

163

启发他对比、认知自己处境的东西被他放置到了一个他可能永远也不会再想起来的地方，它隐秘得有些残忍，却因此充满了揭示性。

"从另一角度来讲，"阿宝说，"他是故意这样做的，他故意让自己看起来很惨，就好像自己报复自己似的，他更乐意与放在眼皮子底下那些破旧废纸和酒瓶子为伍。

"还有一台反复被更换系统的旧电脑。他甚至连冰箱和热水器也没有买，或者说，"阿宝说，"是我给他的钱刚刚够买到那些，多余的任何一点都买不了了。

"他在家里闲置了一个月的时间，谁能想到呢？"阿宝说，"他居然用那台破电脑自学会了数据软件，不久前刚刚应聘到一家网络公司从事数据分析师的工作。"

"他的工作表现如何？"陆树惊诧地问。

"甚至还不赖呢，他已经得到了正式合同。不过，唯一的问题是，"阿宝说，"我不确定他会继续做下去。我刚才说过了，我认为他做这些事情的目的仅仅是要做它们。他也看不起这份工作，有一次我同他谈起股票模型的时候，他马上蹙起眉头低下头，我追问他行情的时候，他像以往任何一次那样抬起下巴不紧不慢地说：'数据本身是毫无意义的，不久以前我还以为它整齐又强大，最近刚刚发现它一旦落在了人的手里，马上变得比人本身还要混乱。'"

"那么呢？他是打算要继续下一份工作了？"

"没有，"阿宝说，"至少他不会为此做计划，任何计划在他看来都是幼稚的，是一切悲剧的根源，哦不，用他的话讲，计划什么不重要，清楚地知道自己不想做什么才重要。"

"所以说下一次的行动会发生在一天之后，也可能发生在 10 年之后？"我问道。

"太对了！"阿宝说，"他经常会把这句话挂在嘴上——'没有必要拨乱反正，我本身就是混乱的。我喜欢生活在混乱之中。'"

"是的，"陆树说，"这是威廉·克莱因①说的，我想他一定也是想像克莱因那样，宁可把自己丢在新的浪涛中去，随波逐流，甚至他们在其他方面也是有共通点的：当他觉得自己在某些领域的表现上已经跨出了一步，就不再搞下去了。"

"没错，"阿宝耸肩，"我没有想到他会如此快乐。每次我都以为，当我下一次见到他的时候，他应该已经差不多领受够了，恨透了那些磨难了，他应该身心俱疲，骂爹骂娘，应该向我打听过去那些生意的状况，看看怎么找到

①威廉·克莱因，美国著名摄影家。

165

一个回到这条路子上来的捷径。但事实总是令我大跌眼镜——如你所见，贫穷和卑微似乎使他更快乐。

"我不明白，"阿宝说，"怎么也不会明白。他甚至不可能有钱再娶一个女人了。"

叫作阿宝的人，是陆树的客户，也是陆树老板康利的朋友。曾经花大价钱叫陆树的公司设计了一幅海报，挂在自己的茶餐厅里。阿宝的父亲是在新疆生活过十几年的广东人，阿宝在父亲身边生活到 17 岁的时候离开家乡到了五子城开了一家茶餐厅。22 岁时五子城最有名的五金店老板女儿嫁给了他。五子城的茶餐厅屈指可数，阿宝的生意一直不错。

但事实上，他并不归属于他父辈热爱或者投身于的事业，甚至他有点反抗。他唯一感兴趣的事物就是女人。如果说有什么可以绊住他的脚步，或者使他热烈奔跑起来，那只有女人。在第一个妻子离弃他之后，他享受过两个月旅行的时日，回来的时候心情似乎更糟。

"我不能没有女人，"阿宝坚定地总结，"不管是谁，我还是得结婚。"他很快在与茶餐厅的一个常客熟络起来，两星期后他就向她求婚。这段婚姻闪合闪离，以至于他下一个妻子和他结婚时，穿着他为上一任妻子买的旧婚纱。婚礼结束后阿宝将婚纱偷偷地放进了地下室的保险箱里。

后来在他某个旅程中他与某 F 女共度了几小时，他疯狂地爱上她，但这次他理智地没有想要马上把女人娶回家，可能是他没有合适的离婚理由，也可能是 F 治愈了他的激情，他心里有这样一个人，使得他看清楚了自己的需要，他不再急于对它有所作为，他仍以某种方式维持着那种激情的感觉，尽管对于他，她本身已经失去了重要性。他们可以数年不见，但是他知道他不会离开她，他不参与她具体的生活中去，她就不会为他压抑、忧郁、烦恼从而背弃他。她一个人住，几乎没有朋友，阿宝觉得她依然美丽正是因为孤独包裹着她、保护着她，使她自始至终像是一只尚未出生的小鸟，她的孤独滋养了他们之间的爱情也喂养着阿宝的婚姻，他之所以不再离婚，正是因为如此。阿宝的茶餐厅有很多的木制的手工艺，都是 F 做的，她多年来一直在做木刻雕塑，但她拒绝对其他人展示。每次她完成一个作品就会给阿宝打电话，然后他坐火车去她的城市，他们彻夜喝酒、做爱，次日中午他搭乘同一趟班次返家。

有一件事要特别提出：在某次搭乘去 F 家的火车上，他把送给 F 的婚纱留在了自己座位上。

阿宝并不真心喜欢康利。陆树敏感地觉察到了这一点。两个人经常在康利的办公室相见。隔着通透的，没有被拉起来的百叶窗（由此可见这是一份坦荡的不被利益影响的友谊关系），陆树经常看见老板一改平日的冷郁平静，挥飞着唾沫星子侃侃而谈，而阿宝则镇定地坐在老板椅上看一份报纸或者慢悠悠地喝茶，偶尔搭腔。

　　阿宝肯定为着些什么，并不真心喜欢康利。但也出于同样的原因，他不得不延续他们的会面习惯。陆树确定自己的猜想。对于康利的背景，陆树知道一二。他的父亲是某著名出版公司的创始人，野心勃勃，对生活充满着不屈不挠的热情，在 H 这样的大城市成为出版业的巨头。康利上中学的时候母亲去世了，他和后母关系很好。大概是因为作为父亲的长子，他像父亲那样稳重而出色，似乎在学校就是班级的领头人。毕业后他进入父亲的出版公司，自然而然成为主管，说话友善，善待员工，满足其合理的要求。也不过是过了三年时间，就在此理所应当地接管了这家如日中天的知名企业。

　　也几乎就在同时，事情发生了变化——传媒行业面临新媒体的强大挑衅，在部门重组和业务结构升级的双重压力下，他的行为突然改变了。他开始变得爱打电话，走路吃饭都变得急匆匆，暴躁易怒。但这样的情形也只是暂时的，他似乎比谁都不能忍受自己的变化——在新业务部门的项目接连失败之后，他却反而恢复了之前的和颜悦色。

员工们纷纷猜测，是不是康老爷子出马给老客户打了招呼了？或者康少爷想通了车到山前必有路？结果也证明了如此，公司重新拿到了老客户的广告订单。没有人知道是谁在发力，也有可能知道真相的人都彼此意会和缄默。大概只有阿宝知道康利的变化：他加入了一个类似联谊会的组织，在那里把大把的时间用在喝酒和玩牌上，他相信，这是他把朋友聚在身边的唯一办法。他常常在晚上回家很晚，第二天早晨则昏睡不醒，有气无力。陆树看出这一变化——老板虽然仍旧像过去那样沉默寡言，可是现在的沉默完全不同于之前的沉默，这次的沉默像是一种死亡，一种远离，一种绝望的改变。果然之后他通过阿宝证实了这一点。陆树总觉得他的老板已经死了，但他无法把这一论点转述给任何其他人，因为很简单——他没有论据。他想来想去，只想起来他曾经在博尔赫斯①的书里记住的一句话：一个人热爱之物反而造成了他的死亡。

"还有那么一些人，还会那么一些人"，陆树所想到的人，似乎都是他从来不认识的人。他飞快地下笔，似乎这

---

①博尔赫斯，豪尔赫·路易斯·博尔赫斯，阿根廷诗人、小说家、散文家兼翻译家，被誉为作家中的考古学家。

些人本身就是知觉、记忆和表达不断变化的领域，似乎这些人住在自己的大脑里，他写下他们的同时，恰好反映了他穿越自身的过程。

B女——

B的住处，一间很小的屋子，半做住房半做书房，屋子里只有一张床、一张桌子和一把椅子，面对面放着的是几摞比人还要高的书。因为没有书架，书只能以这样的形式堆砌。桌子上随处都是缩成一团的废纸、被打开的书和颜料、画笔。

她酗酒，但这不怪她，谁让人生那么苦难。从某种程度上来说酒是最好的药方。一年以前她是著名会计事务所的头牌，每年都有出国进修的机会，并且她几乎就要嫁给一个金融大亨，她的未婚夫在加州甚至有一座别致的葡萄酒庄园。但是在他们结婚的前一周，她就突然改变了主意。没人知道为什么。事情还不止于此，她在一个月后辞去了律师的工作。仿佛每件事都被相互联系起来，因果链条上的每个环节都成了灾难进程中的一部分——一个月后，她的母亲被查出患有恶性肿瘤。

人们都以为生活突然跳到她身上，将她撕成了碎片。但是她安然无恙，甚至和以往相比显得有些精神焕发。没人知道为什么也没有人能理解她。她把所有值钱的东西变卖交给父亲作为母亲的治疗费用，在那之后她就消失了。她把自己的生活隔绝在这个小屋子里，与之前惯常拥有的名牌首饰和包，以及男人仿佛都彻底决裂。

她拿起画笔，那是她用所有积蓄买的画笔画纸——开始绘画创作。就像《月亮和六便士》里斯特里格兰德那样，把安逸的生活丢弃得一干二净,把自己扔进孤独的黑暗里。

别人眼中的黑暗，像墨水一样黑的黑暗，却是她永恒的发白的春天。

D女——

她躺在床上，怒火使她的身体开始发烫，嘴唇也抖动起来，此刻在这具冷漠而瘦长的身躯里，正沸腾着前所未有的令她本人也非常费解的愤怒。

另一方面，她对自己的反应也很不解：他不过是在她睡意正浓的时候，给了她一个吻，因为他要上班去了，这是一个普通的告别吻，每天都会发生。但今天有些不同：她太困了，昨天晚上因为他的呼噜声，D到后半夜才睡着，一直处于蒙眬的状态。天亮了，就在半小时前他的闹铃再次把她彻底吵醒，她静卧着，听觉敏感地跟随着他：他轻手轻脚地翻衣柜，洗漱，用微波炉热牛奶的时候小心地关上厨房门。她屏着呼吸听着他的一举一动，路过门口的屏风时他不小心撞到了摆在旁边的铜钱树，花盆没倒，他及时接住了，小声地咒骂了一句。接着他就拉开了大门，听见门锁响起的同时她的睡意一下子浓浓地袭来。

但是一个吻落在她的唇上，她猛然惊醒。这个吻将她全然吵醒了。当然也可以说是她自己的怒火熄灭了她的睡意。她清楚——对他而言这是一个匆忙的早上，他的闹钟响了好一会儿了他才起来，并且他的小心翼翼耽误了他不少时间，他快迟到了，周一的早上交通状况一定比以往更差。但她没料到他会忽然记起这个每天例行的告别吻。他从房门口走过来的时候她已经隐约听到了他的步子，她恍惚觉得自己是在梦中，或者之前的那种真实无比的梦魇。她本以为这样就完了——她全身的肌肉都随着他的靠近在逐步地一点点地收紧，那是一个孤独而绝望的过程，然后那个吻真的落在了她的唇上。

同时她惊醒了。

早安宝贝，好好睡吧。说完他大步流星地向门口走去，步伐有力，门"砰"的一声在他的身后紧合。

她先于自己的身体爆炸了。

此刻的她躺在床上，一遍遍回想刚才整个过程——他大步走来，落下生硬干燥的令人生厌的嘴唇——哪怕只是回想一下那一瞬间，她又愤怒得浑身一阵激灵。

我不爱他了，她绝望地想，这一切必须尽快结束，我将要离开这栋房子了。虽然我不知道要去哪里，大概就是像从前那样毫无指望地流浪吧。酒红色的窗帘被风掀起并持续性地飘进飘出，扑打着窗栏，百叶窗哗哗作响，有一块窗格刚好盛下了日头的影子，仿佛它自愿代表当下大街上的生息，所有的东西都变得清晰明确起来，呈现出一副与她毫无关系的样子。它们嘲讽着她的懦弱和懒惰，她从未像现在这样如此绝望。

天哪，她想起三年前，当她试图离开那个男人的房间时将她死死攫住的痛苦，那种痛苦宁静而肃穆，不容一丝染指。因此她妥协了，留在了那里，继续承受她已经预料的那些苦难。即便她最后被那个男人扔出了那个房间，她也没有为当时的妥协有过一丝后悔，大概是因为在那里她完完全全得到了想要的一切——自由，超越现实的期待，无休止地提醒她关于对她自身存在的那些背叛，使她如水晶一般坚硬、清澈。她曾为他做过太多疯狂的事情：酗酒、离家出走、挪用公款为他的公司注资。她的指甲被自己啃得参差不齐，患上了严重的失眠，她陷于黑暗中变得什么也不是了，而无边的黑夜将她的爱放大，滑出理智的、公平的范围。她遭受的一切都是如此孤独，她吃惊于自己对这孤独的依赖，更吃惊地发现自己竟是无法离开这种痛苦——除此之外，她从未通过什么事物感受到如此强烈的存在感，这些所有的经历，犹如鲜红的龙虾，黄澄澄的橘子，滋养着她的生命。

而此时，当下，在另一个男人（这恐怕是今生她能遇见的唯一爱她的人）的房间，她去意已决。虽然惯性和惰性将她摁在床上。她注视着天花板，凭记忆回想这个房间里她所珍爱的东西：不会是铺在客厅与饭厅走廊的那块昂贵的方格土耳其兔毛地毯，不会是那些将她包裹在温暖雾气中的薰衣草香薰，不会是他从天南海北给她买下的那些昂贵的包，不会是他给过她的那些真实的快乐时光，不会是某种不可分割的总体，不会是人们口中的生活。

她不止一次梦见：自己站在布满芦苇丛和兰草的河岸这边，望着桥那边，脚下的每朵花都包含着花粉。天上的云朵暖洋洋地透着斑斑日影，天鹅有秩序地在溪流里逆流前进。她隐约地看见河对岸的草地上有白色的蘑菇，一些牛悠闲地嚼着草，慢腾腾地在田野上往前踱着。一切都在动，只有自己在原地动弹不得，不是因为她没有抵达彼岸的方式，而是她清楚，她眼前所见的那边的风景与她抵达之后的所见迥然不同。为什么呢？因为这里已经是终点了，希望在这里停止了。

没有必要再向前了。

这个给了她很多爱的男人，在一个平常不过的早上用一个平常不过的吻叫醒了她。将她抛回了她熟悉的、令她真正自在的旋涡。此时她的思绪和旋涡一起翻滚，它们湍急地滚向远方，她着急地跟随着它们，恨不得立刻动身。那种支配了她前半生的熟悉的冲动一下子涌了上来。

她想起一句电影的台词："这下好了，从明天开始，一切都会不同了，我不会再任由别人那高声同唱的共同的旋律将自己淹没。"

H 男——

2000 年 3 月 21 日。

H 最后一次与她共进早餐，在之后的人生中，他记得那天早上的每个细节，计划两个人的第一次旅行，喝下可以舒缓咳嗽的柠檬姜茶，加入他习惯的糖量。品尝从此不再有的新鲜干面包，她睡衣上的花纹，衣角的线头。她的笑容，那种笑容仿佛是黎明。阳光融入她的左颊。

曾经如此，此后不再。

H 站在公立医院的太平间门槛前已经两个半小时，一分钟前他刚刚用脚尖踩灭最后一支烟头。横在他面前的是一扇冷漠的木漆门，在潮湿的雨天里它仿佛要显出自我，并不迎接谁的脚步也不会为谁的打扰感到困扰。把手处的黑漆已经掉了，露出铮亮的铜色。

他非常清楚的是，门的那头有很多尸体，而其中有他的妻子悦美，他的爱人。

此刻她正作为一具尸体躺在那里，作为"它"而不是"她"。本来即使她失去了生命，不能再与他一同生活，同他讲话、吵架，她也仍旧是他的爱人。但是此刻当他开始意识到"它"在门的那端，和"它们"在一起，成为它们的一部分，他忽然觉得"它"或者她并无区别，这是一具并无区别的尸体，这是一个并无特别的人，而由此证明她真正离开了他。她死了。

她的死使他的时间停滞，冻结在任意的空气之中。

月光从他身后的落地窗倾泻而入，经过他时将他的身子拉长拉黑，重重地摔在停尸间的水泥地板上。我为什么要投下这样大的一个影子呢？他想，它不仅仅盖住了我的视角，还用橡皮筋那样捆住了我吧？每每我尝试着向前走一步，就会被悄无声息地弹回来。

假如，假如有假如……

她曾央求他带她去他们结婚前常去的那家"饺子

馆"——尽管结婚后他们搬了家，而饺子馆也易了主，变成了咖啡馆。她还是一直念念不忘，说那里是好日子开始的地方。

2000 年 3 月 19 日早上，既然纪念日那天她得出差在外，他打算等她回来的当晚就带她去。假如当时，他提前约她去，或者做任何一些好过于今天在这里想到"假如"的事情……他记得她临出门的那天早上，她在厨房唤他，要他起床吃她刚煮好的鸡蛋和面包，可他太困了，不仅没有醒过来，连她给了他一个吻他都记不得了。对了，那张机票，那张机票。客户本来给妻子预订了凌晨到达的航班，是他自己，千方百计通过航空公司的朋友的关系免费将航班改签到次日早上出发——为了确保安全。假如他没有这样做呢？当然还有其他的事情，还有其他的可能性。它们纠缠着他、折磨着他，使他一次又一次走进同样的死胡同，每件事都被关联起来——对了，还有一件事：在妻子赶往机场的路上曾给他打电话，告诉他她收到了航班信息，飞机将会由于对方城市天气的缘故延迟五小时飞行，或者可以改签至第二天凌晨整点的小飞机。她犹豫地同他在电话里商议，是 H 坚定地反对她去坐那种不安全的小飞机。所以是妻子在机场整整等了五小时——为了把自己送上死亡之路。他在电话里要求她无论如何，都要守着等待飞机起飞。

记忆纤细而尖利，几乎歇斯底里，向他的心窝狠狠刺去。一切并没有结束，这件事情既不是已经结束也不是即将开始，就像正在发生的当口一样明摆着，情节欲盖弥彰，令他痛楚，令他羞愧难当。比痛楚和羞愧更为严重的是，在他内心深处，感到一股冷森森、黑洞洞的恐惧，这恐惧肆无忌惮地站在那儿，就像一个冷森森黏糊糊的黑洞，把他的自信被一扫而空之后的一无所有的空间全部占为己有。

他再次去那里，也会是最后一次。

并不是他自己要来，是他将自己推到大街上，然后他的脚尖将他推向了这里。

他一步一步地迈出去，漫无目标地游荡，每迈出一步的目标都是为了和上一步告别罢了。他很享受这种不知身置何处的感觉，这等同于他可以随时离开一个地方，而原地又随时欢迎他的回归。这样一来，所有的可能性都已经被预先注定了。等待他的只有选择。

有时他盯着自己的脚尖，有时他数着种在路沿边的白杨树——大概每 20 米就会有一棵，从这一棵到下一棵的距离，需要 100~105 步，如果他所走出的步子和他猜测的步子数目一致，他一定会不由自主地露出微笑。他将自己对外界的感知能力仅至于此而已，这样他就能逃避思考。离开思考他便能获得片刻的平静。外界的一切都处于为他量身定制的变化之中。

他刚走到主路的尽头，眼前是三段岔口，分别延伸向高处。他有些疲倦了，被迫停了下来。又是选择，又是思考。他头皮一紧。离他最近的是最左边的路口，第一家就是一家很小的咖啡馆，他瞅了一眼，是绿墙红瓦的南欧风格的小屋，房顶直倾而下。有懒散的民谣小调挤出门缝。

他观察了一下左右，没错，他想，就是它了，它换了装扮但是样貌依旧，一股热腾腾的饺子味儿弥散在空气里，他晃了晃脑袋，认出那是煮咖啡的味儿。

他找了一个隐蔽的位置坐下，侍者没有着急打扰他，倒了一杯热水之后就离开了。咖啡馆此时只有他和另一个年轻人——一个长着漂亮脸蛋的年轻人正优雅地嚼着他的面包片，心不在焉地看一眼眼前的报纸，能看得出他杯中的咖啡已经很凉了，死气沉沉地摊在手边。

H将目光收回，同时意识到自己正在一家咖啡馆。自从妻子离世，他应该是第一次来到这种除了家以外的地方，尤其是这里。不过他此刻并没有痛感，或许是两年以来他已经成功地树立了防御机制——在他意识到自己要把什么事物与自己的回忆相关联，并且这种关联既无意义又充满痛苦的时候，他的注意力会先于他而优先逃开，转移到另一些事情上去。况且，他现在似乎不像过去那样思念她了，最近，他刚刚把妻子的衣物放到地下室的储物箱里上了锁，把妻子的照片从床头柜放进了抽屉里——之前他曾逼迫自己活在这些遗物里：妻子用过的梳子变成了他的梳子，他用她的牙刷刷牙，直到几个月后那把牙刷实在无法再继续使用；她的睡衣摆在他的枕边，他没有洗过它，因此妻子的香味尚存在他的气息中，是他头一年中最管用的安眠药，更为庆幸的是妻子还有好几瓶未使用的香水，应当够他用上几年了。

即便现在，他仍旧确信自己生活在死亡里，但跟生命真的结束相比较，他活着并不间断地持续性地期盼死亡，似乎更接近痛苦更令他满意。这甚至是他唯一觉得其痛苦程度可以和死亡媲美的事了。

车祸发生后的头几个月里，他与酒精和那些遗物做伴。他不太记得那个夏天他是怎么样过的，深陷在自哀自怜的酗酒泥潭里不能自拔。如果不喝酒他定会失眠整夜，或者刚刚入睡便被噩梦吵醒。那些梦深深浅浅，大多数具有相同特质——就是他忽然具有了某种超能力，用来改变一些事情。而自己精确地知道那是些什么事情——通过梦境回到记忆片场，清醒地走进某段时光，经历着那些曾经经历时他从未留意过的小事情，他无法重置它们，他很清楚。他与它们相处的时间长短取决于他睡觉时间的长度。如果电话铃声响起，或者亲戚来按门铃，他就会醒过来从而再一次失去她们。于是他拔掉电话线，关闭移动电话，紧闭门窗，制造出一副无人在家的假象，也为自己提供完全有效的做梦空间。这么做的确有效：大多数时候他都能顺利地待在那些时光里。但只要他醒来，悲怆就会加倍袭来，其程度与梦境的真实程度成正比。他无法做到不去试图改变梦境，或者试图让对方知晓此时此刻的时光有多么珍贵。他伫立在那些生动的假象里，对遗憾无能为力。有一次他回到 20 年前，那时儿子还没出生，他刚刚结婚。妻子悦美正对着落地镜（镜子无数次变成了梦里他眼睛所代表的镜头）披上一条方格子围巾，那是一条价格不菲的名牌围巾。那是他送她的生日礼物也是她当时最喜欢的东西，她的脸上挂着慵懒的微笑，一遍遍更换围巾的配搭方式。他忽然想起大约就是在这天的前一天，她曾说起过要戴着它去马克镇上那个南方人开的瓷器店里挑几件像样的器具。结婚前他们各自忙各自的事情，甚至都没有时间打理这些。曾经如此，此后不再。她戴好了围巾，满意地在他眼前转了一圈。他脱口而出：我带你去那家瓷器店吧。他的声音定格在自己录制的画面里，妻子对着镜子继续转圈，一圈又一圈，一圈又一圈，一圈又一圈，一直不停歇。一直到自己从眩晕中醒来，两手颤抖大口喘气，感觉刚从溺水中摆脱出来。如果他喝了太多，那么他连半只楼梯也梦不见。

他终于明白这些救命稻草不具备将自己带离悬崖的本事，而他意识到他不能满足眼下的现状了，他必须要抓紧时间，以防自己在分分秒秒的疏漏中遗忘掉它们。

忘记他们曾经死亡。

他曾在一本小说里读到的——那是一本讲述一个丧妻丧子的中年男子的后半生生活的故事，悦美走了之后那是他最多想起来的一本书——但它对他而言的意义不是一本书而是一件事物、一种代表，是他最痛苦时的镇痛剂，以及他分神于痛苦时于他的狠狠一记鞭笞。书中那个男人在历经巨大的痛楚之后选取了一种最合适的方式来生活：选择去另一个城市工作、生活，避免一切可能舒适或安逸的工作，只挑选那些不用思考的力气活儿：泥瓦匠、搬运工、货车司机，后来他在一家造纸厂当搬运工，因没日没夜地要求加班被升职做组长，从流水线工作调为搬运工人的人力资源管理工作，他在三天后不告而别。男人最后死于病毒性肺炎。而在他的人生走到尽头的时候，他带着那些和妻子儿子无关的，人生的其他愿望遗憾离开，遗憾中包含了新的爱情与生命。

他必须要抓紧时间，他想，我不能像他那样，令时间摆布，任那些没有死透的欲望打扰自己，任由那些超出他控制范围的真理主宰自己。

他站在自己的身影中回想这一切，他伸手去摸裤袋里的烟盒，才想起最后一支烟刚刚被踩灭，烟盒是空的了，而大部分的自己也已经死了，剩下的那部分，将必须要推开眼前这扇门。

写完 H 的故事，陆树热泪盈眶，手掌剧烈地颤抖。一方面的他则更多感到困惑，为自己的反应困惑不解，他清楚地听见心脏在午夜发出的"咚咚"声，那是因为生命和死亡刚刚在自己身上轰隆隆地碾过，还是从自己身体里流淌出的这些故事过于真实了，使自己变得不真实了？陆树心里很清楚 H 面对的死亡并不纯粹是自己的假想。在他的这部短篇集出现的所有人物，也都不仅仅代表其身。也许从五夜的出现开始，他开始意识到自己其实是一个虚假的躯壳，是一个终于被人打开的从不上锁的抽屉，他的身体内落满了灰尘。

R 女——

"最快乐的人不是放风筝的人，而是绳子那端的人，

TA 永远不能确定自己下一秒的命运，是被放逐还是收回？一切都取决于绳子那一端爱他的人的心意，心意忽长忽短，或者凶猛或者平静，他什么都不用做，就能安稳地、恒久地享用这所有动荡。"

R 看完这几行字，开始不耐烦起来，重重地把书合上。大概是她觉得这几句话写得很有道理，可惜她自己从来不曾经历过、感知过。她不像那些有着丰富恋爱经验的人，随时随地都有一些词句、一段乐曲来描述他们的幸福，一团烈火在猛然之间如触电一般从头浇到脚。

她摇了摇头，仿佛是对自己，也是对男友 K。

她环视 K 的卧房，这间房的层高挑得很高，几乎是正方形的房间。壁纸上的青花色图案十分模糊，两扇很小的窗户上装着已经略微发黄的带有青花蕾丝的白色棉布窗帘，一看便知这是具有家庭权威的女主人的杰作，温柔而专制不容忤逆。青绿色的地毯上有两道模糊的痕迹，是摆放经久的桌子被挪动后造成的后果，很显然这也不会和 K 有什么关系。对这个屋子所有的一切安排或者改变，都是由屋子里唯一的女主人决定的。

甚至也许，她的男人 K，对这一切是毫无知觉的。

地毯从门边为起点，一边向着五斗柜，一边朝着角落的书桌。房间里唯一和 K 有关的迹象，是一个装着大概有 70 部历史文学、西方爱情文学书籍的书柜。R 想，在 K 心目中恐怕这一斗书橱的存在目的正是证明它们自己的价值，而这和 K 自己又有多少关系呢？

一幅场景在 R 的眼前呈现：K 刚从饱腹的餐桌上撤退，与他敬爱的母亲道别，似乎早有预感自己将要被质问接下来要做什么地那样主动向母亲交代——如果可以，接下来的两小时里他要读书。

但是 K 推开这扇门的 15 分钟后便睡去了——在书橱那把宽敞的矮椅子上，有五本没有被打开的书摆在手边。台灯是关着的，没有人——包括 K 自己都并不真的清楚，这两小时可以用来干吗，他没有打算与自己有个约会，同时也清楚这不是属于他的两小时——无论他做什么，都是无济于事的。

R 将自己拉回她身处的房间里，心惊肉跳地想，这就是事实，或者更糟。K 拥有这样一大间书屋，一个看上去完全属于他的处所。可他因为这房间之外的事而无法身处当下，无法真的拥有看起来属于他的东西。而最糟糕的是，反过来亦是。

K 曾经谈起喜欢 R 的原因，大概是，因为她比他自己更相信他可以有所成就。K 的家里很富有，他的家庭成员每个人都充满希望。况且，他还拥有那样大的一间书屋，他可以多么渊博、多么了不起，R曾坚信。

直到此刻之前。

R一边在房间里踱步一边把眼光停驻在房间一角，她看着地毯上的痕迹，想象着被挪走的桌子和K之间的关系。就她个人而言，她很喜欢这个房间，因为这个房间里没有她自己的怨怼或泣诉，它干净整洁，就像一张白纸铺在她面前，允许她把记忆或者生活写下来，完全不用考虑形式的问题。如果有人敲门，她就会说，好的，请进，因为她对门外等待她的人和事毫无预感，她一无所知。

她和K从来都是不同的吧，她甚至想，K喜欢她，正是因为他清楚她喜欢这个书屋，以及它所象征的谎言、无知、脆弱和反抗。

风将一把落叶摔在了窗户上，R走过去将窗户合上。她的手僵在窗把上，她忽然有一股冲动想要从这里跑出去，以这样的方式离开K，永远地离开。她可以径直跑去武狸的房间，今天早上她从武狸的房间醒来的时候，武狸正站在窗前梳头发，迎接她的第一缕阳光就从武狸的指缝穿透进来，照在自己的脸上。

R第一次想用"迷人"这样的字眼来形容另一个女人，且她的意识远远早于她自己发现这一点。她们在便利店相遇，武狸开口说，够不到吗？我帮你。然后她踮起脚尖，用身体把刚要刺进 R 眼里的那束阳光拦住了。R 觉得武狸的身体像乐符一样在自己眼前跳动。她的声音轻轻的，但很坚定。大概，R 就是从那个时候开始沦陷了吧。那个声音如锯子般深深割进她的灵魂里，令她的体内回响起可怕的声音。她在她的脑袋里吵了整整一星期。直到 R 承认自己已经爱上了这个慵懒的，喜欢穿白衬衫，讲话声很小但很坚定，喜欢用手指梳理头发的陌生女人。她们之间讲过的话还不超过 50 句，R 已经在臆想自己在对方的房间里为其煮饭的画面。

　　R 开始做一些奇奇怪怪的梦，她或者梦见自己浮肿的尸体在湖中的浅处漂来漂去，被人竞相围观，自己在一旁站着，毫无办法，对自己的死因一无所知，有陌生的媒体在报纸上加油添醋，抨击女同性恋的道德危机。他们警告说：不要把自己弄湿了，否则将不得善终。她不知道自己是该作为一具尸首那般仇恨，还是像一个活人那样不安。

　　或者，她的意念中存在着一个小红点，指向着她在乎的某个人的去处。她只要稍微动用念力，就能知道对方在哪里，但很可惜，小红点的方位微观到一张桌子旁、一个楼梯上、一面镜子前，甚至是流水生动的一个马桶上，但从未给她有效的方位或者坐标。正因为如此，她可悲地意识到，自己离对方更加遥远了。

R 觉得武狸的出现不是偶然的，是自己的爱堵住自己，一直在等武狸，所以无论何时何地她的出现都是恰当的、适宜的。而武狸是长在自己身上的秘密，危险而无法逃避。那是一道光线，永远不会透进 K 的房间里来，不会照耀到那个地毯上去。

S 女——

她试着对任何绝对诚实，包括她自己。

唯一了解她的是她的外婆，因为每每她悄声地坐在角落忙些什么的时候，外婆就会忧虑地溜达到她身旁，偷偷观察她的脸色。虽然外婆什么也不说，但是外婆很清楚，当她突然变得很安静，可能最糟糕的事情已经发生了。

而她的父母，她从来也不会多想关于他们的任何事情——他们五年前就死了，当然他们其实还很健康地在世。她指的是从本质来看。大概她撒谎的本事就是从他们身上遗传到的——唯一她觉得对自己有用的东西。她凭借这个本事挣钱以及恋爱，一点儿也不愧疚。她拥有一般人比不过的好睡眠，同伴们说的关于失眠的烦恼她一次也没有过。并不是她比其他人更无耻，而是她很早就想通了。姥姥信基督，经常给她讲《伊索寓言》。《伊索寓言》中《善与恶》是这样讲的，力量弱小的善被恶赶到了天上，善于是问宙斯，怎样才能回到人间去。宙斯告诉他，大家不要一起去，一个一个地去访问人间吧。恶与人很近，所以接连不断地去找他们，善因为从天上而来，所以就来得很慢很慢，这就是说，人很不容易遇到善，却日日与恶为伴。

当然这并不代表，善永远都到达不了，恰恰相反，谎言使她清醒，使她对真相更为敏锐，使得她说每一句真话的时候，显得比真相本身还要真实。

她有一个女朋友J，是她们上高中的时候认识的，也就是说，她们在一起已经13年了，她一直很敬佩J，因为J有自己厉害的一套。她们混在一起那么多年，她觉得J身上仍旧有学不完的东西，J几乎什么都懂，谁随便说个什么，J都能说出自己的想法。比如执政党的把戏，比如所谓的奥秘科学的真相，比如大自然的探险，比如爱情，那些让人牙根痒痒的爱情，让人睡不着觉，醒不过来的爱情。J是个天生的谎言家，她胡扯一通的时候就是最有魅力的时候，至少S是这么看的。虽然J的学习成绩比自己还差。J庸俗、轻浮，门牙上有一个大缝，生气的时候讲话就开始结巴。她们彼此都清楚什么时候该彼此靠近，什么时候该彼此分离。J像一个历尽沧桑的妇人那样有趣有分寸，而这些S从没有在自己妈妈身上看见过——那是一个活着完全为了正餐、甜点，晚上的洗脚水和白天的好发型的无聊女人。但是她从来没好看过，就像 J 说的那样——你的妈妈，无论她花多少钱变换不同的发型，却总令人觉得一尘不变，她的前额看起来永远像一颗水煮蛋那样光秃秃、白寥寥。一个 46 岁的女人，一张几乎年轻的脸，眼睛锐利也不失温柔可爱，喜欢变换很多种发型，S 只觉得一种好看——就是妈妈把头发规规矩矩地扎在脑后的时候。她的腿白嫩细长但是她却钟爱宽大得让人觉得怪异的裙子，穿僧侣服一样的黑色羊毛长裙和玛丽珍平底鞋。凭她那漂亮的腿，她本来可以把自己打扮得非常迷人。

她煮一次饭，往往能让一家人吃上一个星期。每周一晚上她会去开工会会议，那个会议会在 7 点结束，而她则在 7 点半准时到家。取出一个大锅，把冻在冰箱里的肉，切成块就开煮。全家人够吃一星期。

吃完饭后外婆会立刻去睡觉，而爸爸妈妈会坐在扶手椅里看电视。他们是家里唯一看电视的两个人，电视上永远放着爸爸喜欢看的枪战片，而妈妈很快会在枪战正酣的时候睡过去，在小小的扶手椅里缩成一团。直到一两个小时后，片子结束，爸爸把她叫醒让她起来去床上睡。

J 和 S 有一个计划，等她们攒够了钱就离开这里，只要离开家就好。每周末不上课的时候，她们就分开行动去城南的两家夜总会上班，那里总是有各种各样的人，唯一的共同点是都很有钱，都很无耻。在J看来，他们的钱都是骗来的，要么那些钱根本就不是他们自己的，要不然怎么会数都不数就往她们裙子里和胸里塞，或者点一瓶成千上万的酒，自己不喝只顾着往她们嘴里灌。每次看到J仰脖一饮而尽的样子他们都笑得前仰后合，仿佛捡到了天大的便宜。J觉得真好笑。其中一两个客人会在某个固定的时间带J回家——当然，给她一笔不少的钱。她很清楚那是他们的女朋友或妻子固定外出的时间，他们很有把握，对此，J也很有把握。

有时候他们在床上把自己折腾得精疲力竭呼呼睡去的时候，J会在一旁托着下巴注视着他们的脸，他们也会做梦吗？她想，他们的梦是不是也是那么愚蠢、那么无聊呢？他们的梦也不过就是和钱有关吧？

在J把这些事情告诉S的那个夜里，S偷偷地跑到父母的卧室。去看那对酣睡中的人。爸爸仰面躺着，胡子铺散在枕头上，他的手向外伸展，耷拉在床沿，拳头轻轻握着。妈妈背对着她，两只手紧紧圈住自己的膝盖像个婴儿那样蜷缩着，她的脸深陷在枕头里，好像在躲避着什么。

这两个人会做梦吗？S想，梦是什么样的？

还是那条小径，还是同样高的月光，陆树拐弯的时候，一些汽车急促转弯匆匆驶过，车灯把他的身影拖走了好远然后又扔回墙上。

仿佛一场短促的狂欢之后，事件又被抛回了原点。

陆树有些兴奋，兴奋于生活给他打开了新的维度，让他有了自然而然的乐趣。以前生活与他站成平行线，可是仿佛一夜之间，那条线自行折合成一个立方体。他经过生活，生活在他的身体之中，生活经过他，他在生活的身体之中。那些人，那些他笔下的人物，仿佛就在那儿自己创造自己，不需要陆树多做什么。他们自己就拥有力量，他们的力量在于选择——选择停留在苟且的幸福中或者恒久的苦痛中。

那部叫作《怦然心动》的电影，他羞于向任何人承认他看过了很多很多遍，包括五夜在内。在人生的不同阶段，在某一个相互关联的瞬间，在词语失去保障，思想跃跃欲试要直接代替他来表达自己的时候，他就会想起它来，似乎成为他心灵中的某种比喻，用来比喻他在这世上遇见的某件事物，是这件事物或者那件事物，但是每样事物又接着转化为许多其他事物，这取决于这些事物与什么相邻，被什么包含，或者脱离什么。就像是他曾在一本书看到一句话："往事隐匿在智力范围之外，在智力所不能及的地方，在某个我们根本意想不到的物质对象之中。这一物体，我们能在死亡来临之前遇到它，抑或永远都不能遇到它，纯粹出于偶然。"

他想到了五夜。同时惊讶地发现自己已经很久没有和她通信了，在自己忙着写书的这段时间，五夜也没有来信，就像他们曾对此达成默契。

五夜，我已经开始写关于你父亲的故事了，请原谅我称之为"故事"，因为我什么都不知道——但或许我觉得，它可能和你父亲无关……抱歉我暂时还解释不清楚为什么。

所以，关于发生在你父亲身上那些所有，以及真实的你们——我都不打算了解。我也是最近才明白，真相对一个作者来说是多么可怕的事，这等于他什么也不用做了，他要写的东西都和其自身无关。就像那些你能准确理解的词并没有在说出你觉得能表达的意思。

我不确定我笔下的你的父亲，和真实中你的父亲会不会有什么关系，如果他们在冥冥之中"相遇"，他们中有一方将自己的种子播种在了对方的沃土之上，他们共同等一棵树长大。而那棵树作为"现在的过去"，会反复生长。

希望我的努力能得到你的认可，那对我很重要，等到这本书完成了，我会告诉你一些对你我来说都很重要的事情。但是原谅我在那之前我暂时还无法开口。

祝好，盼信归。

信寄出之后，陆树就开始紧张兮兮，对于五夜的反应他半点也预测不到。她会惊喜，也会被吓一跳。她一定会马上来信追问他的思路，或者滔滔不绝在信里谈论自己的猜想、建议，以及她喜欢谈起的基于她的世界观而存在的故事，她甚至会直接给自己一些非常有用的方向。

但是什么都没有发生。五夜消失了。半个月过去了，一个月过去了，很快三个月过去了，杳无音信。他有些狐疑地请门卫王帮忙查过几次，确信并无任何他的信件抵达过物业部。门卫王敏锐地看出陆树的失落，主动地提出会特别留意所有小区的信件，况且这年头邮寄信件的人实在太少了，对方的名字也是特别。门卫王的话匣子打开了又戛然而止，他意识到自己有些多话了，有些歉意和忐忑地望了一眼陆树。陆树笑了笑，这大概是自己第一次停下脚步听门卫王讲话，也是第一次对其微笑。

五夜消失得很彻底，就像她当初突然冒出来一样。如同一个悠然自得地散步的人，悠然自得地回家了。即便他不再踏上那条路散步，也不该被任何人质疑。一切都显得理所应当。

虽然陆树对此毫无准备，他还是很快适应了没有五夜的日子——这样的日子也是他自己的日子。他只是会经常做起一个梦，梦见一个自己永远都看不见脸的女人站在自己的对面对着自己微笑——是的，虽然他看不见她的样貌却可以肯定她在微笑，她的嘴巴一开一合，看样子是在和他轻松地聊天，只是他听不见她在对他说什么，只是她显得那样充满信任，她说话的样子带动着他耳边的空气，他曾试图和她对话，但是他一张口，那气息就静止不动了，她的脸也消失了。他能在那个梦中做的事只是沉默。反复陷入这个梦境，他越来越清醒，他意识到自己和五夜大概真的走到了尽头。

尽管一切像还没真正开始。

偶尔当他收到电子邮件或者出版社的加印通知的时候，他会想起五夜，自己的笔友，唯一离自己那么远又那么近的人，唯一自己不知道该如何定义自身与其情感关系的女人。他爱她，或者他不爱她。想起那些日子，自己期待一封信的日子，那些因期待而变得漫长的时光，那些日子里的口头禅、食物、音乐、常穿的鞋子，那些他被一些力量紧紧抓住，开始改变命运的时刻。当遗忘和离别发生，他之所以还能坦然处之，也许是恰好从这个时候开始，他的日子拉开了帷幕：妻子被派遣到日本学习印刷，而这次的学习不仅仅是学习，而是一种持久的新生——回国的妻子阴差阳错加入了陆树新书项目的设计行列，她变得忙碌，她脸上惯有的那种百无聊赖、厌倦事物的神态消失了。儿子的脚骨因为打篮球折了不得不休学在家一个月，但是因祸得福，居然对随便从电视上看来的一档英文脱口秀节目产生了浓厚的兴趣，自发性地对从来都搁置一旁的英文发奋起来。那之后的半年，儿子参加了学校的英文演讲比赛，得了头奖。而陆树本人，由于新书的出版加印，受到媒体关注——直白地讲，他有了名气。自己从大学时期就开始订购的文学周刊主动找上门来，请他撰写最热门的读者互动栏目；著名的舞蹈演员请他参加聚会，请他在专栏上简单地为其润色几笔。他的朋友圈中开始流行一种说法：他的小说与他的生活，几乎可以对号入座——这也没错，陆树心里想，从某种意义而言他把自己的过去隐匿在如今的现实之中，这是显而易见的。但别人不知道的是，他从来只是在自身内漫游，而一不小心，同时踏进了他人世界的大门——一个不会失落的世界，意味着随时会改变的世界。

　　门卫王辞了职，听说是回了老家，和妻子开了家杂货铺，小儿子同年底就出生了。他走得很低调，没有和任何一个那些平时拿他当朋友的小区业主道别。只是将他们给自己的备用钥匙——用信封包好，里面分别留了一张字条，只有四个字：感谢照顾。每个业主都是这四个字，全然不像他平时的作风。陆树猜想这有两种可能，一种是离别令他心怀感伤，另一种则是，他大概心里一直都非常清楚，业主们与他，一直都不是朋友。同年夏天从同事那里听说，同事 Y 开始一发不可收地发胖，她不再和同事们谈论美食和红酒，成天频繁地出入健身房，她的兴趣发生了转移，她的话题也随之变得单一而谦逊。陆树身处在这些亲切熟悉的、陌生的、重要的、无谓的变化中。

　　而最大的新闻是陆树火了，名气像是在中央公园转角处的礼花，像是泡沫深处的洁净，一切都是被预见的，又完全是意外的。几乎是一夜之间，自己成为被大家时时谈论的人。他的名字出现在主流媒体上。

　　远在 T 城的出版社打电话给他，要求将加印的版权转售给他们，价格加倍。他们不知道陆树的电话，于是想方设法地搞到了他的邮箱，给他发了一封言辞热情洋溢的邀请信：

陆树先生，您的小说《第一手别离》被选入"沐风文学奖"新人奖候选名单，恭喜你！同时我们邀请你参加于××年×月××日晚间8点的颁奖晚会，请您正装出席。我们欣喜、荣幸地期待与您的会面！

妻子将这封信放大、装裱精致挂在卧室。

"它看起来太奇怪了，把它取下来吧。"陆树一走进卧室，就忍不住想发笑。

"如果你去参加那个颁奖晚会，接受那个奖项，挂在这儿的就是那个奖杯的照片了！"妻子埋怨道，言语之间却满是笑意。

陆树不能明确自己为什么最终没去参加那个什么颁奖晚会，他唯一能明确的就是自己的抗拒。他试想了一下：当自己站在空旷、陌生的舞台上，影子提前越过自己打在观众席上，麦克风横在自己鼻子前，卡住自己的呼吸。每一个和你无关的、不认识你的人都在等你说一些他们其实毫无兴趣的话——他们大多数都因为旅途劳累而在饿着肚子，他们真正感兴趣的是晚会结束后的自助餐、那些充满魅力的漂亮女人及社交资源。而自己，则不得不袒露自己的真实写作轨迹，那些人儿那些真正重要的东西没有机会被尊重、被平等地对待。

最重要的是，他不能在没有将这些话说给五夜之前说给别人听。那等于他永远失去了说出真相的机会，失去了得到五夜谅解的资格。

除此之外，一切看起来都完美得过分。陆树终于辞退了原来的工作：专职为上海最出名的《V》杂志写专栏。妻子在远郊找了间便宜的房子，成立了一个工作室——为独立出版的作家和画家提供出版装帧设计的定制服务。他的事业在半年之后就几乎达到了兴旺的程度，那次颁奖典礼上的缺席，以及对此保持缄默使陆树更加出名。

"在这个轻飘飘的时代，人们反复讨论思想的重量。人们是否还需要思想？人们需要文化和艺术来生产思想吗？人们要读怎样的书呢？

人们如今可以看见各式各样量产的小说，网络小说、奇幻小说、言情小说。出版商理直气壮地庸俗着。很难想象在这样的书市里，这样的一本小说能受到一致的认可。陆树这部处女作，就像是在大海上漂浮的独木舟，孤独而哀伤。但是，我们能看见，他以此为荣，他在这荒芜上唱歌，他窥视到自己真正的力量正从他的船底生长出来。"

著名的出版界书评人 H 先生这样评价他的小说。

妻子和他终于不约而同地商议起换家具的事儿。最终他们去一家不起眼的小家具店淘了一个粗布呢的沙发——乍一看比他们的旧沙发还要旧，他们更换了沙发的位置，从落地窗前移到了电视机对面的墙壁——这似乎本是任何一个家庭对于电视机位置的正常安排。阳光像早就等在那儿似的哗地涌进了房间。儿子意料之中地没有考上大学，但意料之外地愿意读一年。

"如果你不愿意，你可以选择不读下去。"陆树说。

"我愿意，爸爸。我想再试试。"

陆树意识到儿子头一次站在自己的面前，称呼自己为爸爸。同时他发现儿子不知道什么时候开始停止了他习惯性的癫痫——只要他站在那里就会把一条腿伸出来，要不就是脚尖着地抖着大腿，要不就是脚跟着地左右摇摆自己的膝盖——而是稳稳当当站在那里。

陆树想起来，儿子似乎是读过自己的书了。那本放在洗手间的《第一手别离》的封面，不知从何时开始变得皱巴巴，右下角沾上了一个油指印，左上角的扉页已经开始频繁地翻卷。他忽然有一种胜利的感觉，就好像不知怎的被证明是正确的，第一次，他被迫意识到沉默的魅力。

数周之后，夏季之初，一个灿烂的 6 月：光线清澈地落在砖上，湛蓝、透明的天空，几乎是令谁都会动心的碧空。就在儿子参加完高考的第二天，陆树受同事父亲（某作家协会的副主席）邀请前往林荫大道的一家剧场看一幕很重要的话剧。等他赶到剧场附近却收到同事父亲的电话，抱歉地表示其临时有事不能来了。对于将要出演的话剧陆树一无所知，但既然来了，要是有时间差不多的话剧，不妨看了再回去。

他走进剧场大厅，发现这是一家风格很别致的剧场，装修得像是那种北欧风格的咖啡馆。一层、二层是容纳客人小憩的沙发区和剧照展厅，出售咖啡和甜品。二层是正在售卖中的与剧目相关的书籍。陆树逛了一圈，发现都是些非常小众的市场上少见的书。陆树走到二楼靠窗的位置坐下，没有人来招呼他点东西喝，他自己也没这个意思。陆树稍微留意了一下，发现是四处游走的年轻人，他们手里攥着各自的票，打量着在身边游走的异性，打量着彼此的长相和穿着，漂亮的脸蛋盯着漂亮的脸蛋。

一张海报吸引了陆树，那是半小时之后的一场话剧，名叫《你好先生》，一场独角戏。整个剧幕由一个年轻女孩子的自述自演构成，宣传海报的文案很显眼：

沉默。她用这样的方式和你说话，也一直用这样的方式和自己说话。她房间里的灯一直亮着，她有一件破旧的浴袍，她的房间盛满了巨犬的暗影，台灯永远无法照亮她面前的稿纸和书，她的阳台上挂满了太阳的影子，她的男孩们和男人们都在影子下面各怀心事地谈天。

陆树一下就被吸引住了，他看了一下时间。时间刚刚好，还有半小时。他走到窗口询问工作人员是否还能购买那场话剧的票，窗口马上扔出来一张票："只剩这一张了。"

"是后排吗？我想……"

"只剩这一张了。"刚才的声音用刚才的语气重复了一遍刚才的话。

舞台深处，逆光灯亮起，嘈杂的剧场瞬时鸦雀无声。女子从光线里缓缓踱出，牵引出柔和而悲伤的音乐。忽然音乐戛然而止，逆光灯熄灭了。女子从舞台上消失了。观众席异常宁静，充满了探寻的意味。成像灯徒然亮起，罩在舞台中央的旋转木马上，木马开始缓慢地旋转。一圈过去了，又是一圈，什么也没有发生，没有人在木马上。几分钟后，开始有观众不耐烦地唏嘘。陆树坐在最前排，他很快发现只有自己一个人坐在这一排，这让他很不自在。而且他身边空了那么多的位置，为什么刚才窗口告诉自己只有一张票了？莫名其妙。只是除了这一排的位置，大厅里并无虚席。

直觉告诉他，不只这么简单，他几乎可以确定座位的空缺事出有因。他心猿意马地猜测着，眼睛跟着木马一遍遍打圈。

忽然，剧场里的摇头灯对准了陆树，把一束光"咣当"一下砸到他的脑袋上。他感到强烈的热力罩住自己的脸，热力逼使他紧闭双眼，几秒钟后热力渐渐褪去。他睁开眼睛。刚刚消失的女演员此刻正紧挨着坐在他身边。

"你好，先生。"她的睫毛上沾着亮光。"我猜大概只有您一个人不知道这个剧有这么一个游戏吧？"观众席爆发出短促的欢乐笑声。

"游戏？"

"您不需要紧张，这将是您最难忘的时刻——我敢说，至少是今晚。"

"我敢说，至少是今晚，我睡不着了。"陆树向椅背靠去。这是他的习惯性动作，当他缺少安全感的时候，他需要立刻找一个能倚赖的物体。

观众席上有笑声和稀稀落落的掌声。

"长话短说先生，游戏开始。此刻，对您来说是一个特殊的时刻，我是您最想见到的那个女人。我说得很明白了——我是您最想见到的女人，可能我们一小时之前才分开，或者我们已经很久没有见过面，更可能，你已经永远地失去了我，或者是我失去了你。不管怎样，我现在就坐在你身边。您需要和我倾诉一些话，一些真心话。您所阐述的'故事'，将会出现在我接下来的表演之中。"

"我不明白，"陆树耸耸肩，"这个游戏的目的是什么？就是让我说话？"

"可以这么说。"

"你怎么判断我说的是实话呢？万一我是个谎言大师，天生就是个编故事的料儿呢？或者我就是随便应付应付你呢？这太容易了。谁都能做到。"

成像灯将女主角分割成一个倒立的三角，她的脸湮没在三角里。陆树看见两排齐整的牙齿和嘴角向上的优美弧度。

"真或假，虚或实，都由您来定，我们只负责倾听，只要它们由您说出来。"

陆树一愣。

"好了，那么我的名字是什么？"

"五夜。"三秒钟之后，陆树果断地说。

"我一般怎么称呼你？"

"树。"

"好了树，你现在可以和我说话了。记住，五句话。无论你考虑多久，我们只有五句话可以说。"

灯光一瞥，舞台顺势向下塌陷大概 50 厘米并旋转 180 度，15 秒后接着向上升起，同时升起整张幕布大小的蓝色镜子，横越在舞台中央，观众席也向后旋转了 180 度从而消失了。镜子里只照见陆树和身边的五夜，聚光灯守职地等候在他们二人脚边，带着好奇和猜忌，等待高潮到来。

陆树沉默了，一切都发生得太突然，突然而有趣，有趣却肃穆，肃穆但残忍。那些知道这个游戏环节的人，那些此刻背对着自己，带着高度听觉的观众——有多少人孜孜不倦地来观看过很多次？——包括邀请自己来的副教授吗？他邀请自己看的正是这部话剧吧？他们等的无非就是长在他们脑子里的那些念头，伸到这大幕之下开花结果。

他们唯一想做的就是用聆听，听见自己要说的话。

一扇门打开了，一股风绊倒在门槛上，走不开也进不来。陆树看着镜子中的自己，他正在一点点消失，消失在自己的视线里，与对面的镜子融为一体，成为新的自己。

有一股热流涌上陆树的胸腔，这股激动弄得他略有尴尬，他觉得自己疯了，虽然他深呼了一口气，但仍旧流出了眼泪。

接下来的每一秒钟，都像是一年那么漫长。

我的妻子不是W。

我不是厨子，信中和他相关的人都是假的，除了那个在115路公交车上的麻花辫。

我不敢见你的原因恰好就是我想要见你的原因。

最后一句是：对不起。谢谢你。

掌声如潮水般涌动。

天光变黄，陆树的四周空无一人。多日在人群中扎堆后可以再次独自一人。他漫无目的地走着，还是那条小路，还是同样高的月光，拐弯的时候，一辆汽车急促转弯，匆匆驶过，车灯把他的身影拖走了好远，又扔回墙上。仿佛经历一场短促的忽隐忽现的狂欢之后，事件又被抛回了原点。

前面路口的红绿灯似乎坏了，不一会儿变来变去了好几回。他索性停在那里。耳边忽然传来叽叽喳喳的人声，刚才还在耳边叫嚣的夜风戛然而止。他待在眼前的景象里：

澄净的黑夜竟瞬间变成白昼，而一些人慢慢聚集到他的周围。他们仿佛就是路过而已，看见了认识的人于是停下脚步。各有预料各怀心事，带着对他的怨怼或者感激，他们有的欣喜不已，有的不知所措。有些人穿着比月光还惨淡的白晃晃的睡衣，准备马上回家睡觉，这是 R 女，陆树一眼看出，她冲他咧嘴一笑，但脚下没有停歇；有人提着行李箱前来同他告别，那是 H 男；有人交叉手臂，挑衅地横在他面前不肯挪步；有个女人干脆搬了一把沙发椅横在陆树面前，准备与他进行一次长谈，问他准备怎么写下去，要拿她的爱情怎么办，难道要把她扔在困境里不管不问，这是 D 女；有的还没来得及脱掉表演的戏服，抓着陆树的肩头询问他关于生活的方向；有人列举了一些人选，希望陆树能把他们加入其生活里去，并在故事的结尾给自己幸福。

人群之中陆树看见了一个熟悉的人，那是当年扎着马尾、穿着粉色 polo 衫的妻子，她应该是站在那里很久了，等着陆树最终望向她。她的一头黑发从前向后梳，低低地在后颈窝绾了一个发髻。她脸上发着亮光，这亮光一半来自于外界光线的投射，一半来自于身体里的爱情。她说，"这个女孩子就是想来一场恋爱，但她真虚伪，我不喜欢虚伪的女人。"阿图殷勤地围在她的脚边打转。

门卫王在最靠近陆树的路灯下踟蹰已久，眼里饱含泪水，陆树不能分辨那代表什么——眼泪在这样的一个时刻似乎成为某种总结，某种重启，某种魔法的按钮，某种情感的蜕变。陆树觉得他能确定那是门卫王流下的泪水中最美妙和沁人心脾的一滴。门卫王转身要走，他挥手向陆树道别，陆树点点头。

陆树醒在被黎明的微白的光照亮的他们的新沙发上，身上盖着一条毯子。妻子大概不想搅了他难得的好睡意。他蹑手蹑脚地去厨房冲了一杯牛奶，双手捧着走向窗前。城市已经在窗外启动，晨鸟叽叽喳喳。有邻居开着嗡嗡叫的收音机，路灯还在照明。晨练的人儿和川流不息的车流已经显出新鲜的活力。

陆树决定要去找五夜。在心里做这个决定的同时，他的手开始发抖，他紧紧攥紧了手心里的杯子。

被想象力催促着前行，他连夜订了去淮恩城的火车票，在整个八小时的旅程里兴奋得粒米未进，只是当列车快靠近鞭坞镇（距离淮恩城 50 公里的小镇）的时候，他实在抵挡不过睡意。接着他做了一些梦，先是梦见自己到了小时候父亲经常出差的小镇，说实在的他从来也记不得它的名字。有一次父亲出差带回了小镇的明信片，他才知道它的样子。那个时候他把照片放在枕头底下，接下来他就去了那里。就像现在这样：他从一棵修剪得四四方方的怪树下出现，看见一辆汽车停在天际线之下。他像游客那样拿着相机兜了一圈。但只要他打算走进哪一家商店，总会有人阻拦他。这个镇子上的每一个人都离婚了，每一个人都让他无法接近。后来他找到明信片上的红房子和其房檐下的黑树影，也找到了一个闲着无聊无所事事的男人。陆树说你好，我想和这个房子合影，我想拿这张照片给我爸爸看。男人忽然露出了如父亲那般拒人于千里之外的笑容，他说："孩子，这个房子是不允许被合影的，它是我们用来包装这个镇子的幸福的唯一标识。"

接下来，他在一家路边咖啡馆喝一杯啤酒，有好听的音乐在耳边萦绕。在他的对面坐着一个男人，男人的脸被不合时宜的大檐帽盖着，脚上蹬着一双与他的牛仔裤不登对的棕色仿麂皮鞋。他的黑白格子衬衫，他的红色胡子，他戴着大而无当的眼镜。陆树打量着他的手，他的手看上去很年轻、很细滑，像是一个女人的手。"我今年56岁了。"男人忽然仰起头，大檐帽下是一张女人的脸，笑得很恐怖。

抵达淮恩城已经是当地时间凌晨3点，陆树住进了离车站最近的一家旅馆。他向旅馆的人打听到了五夜邮寄信的地址。他没有着急去找她，反而办理好了两星期的入住。同时他打听到距离旅馆最近的租车坊，半个月租一辆小车只需要几百元。这样他就能方便地找到五夜之前在信里提到过的那些郊外的剧场，那些藏在市区中心的旮旯胡同里的包子铺或牛排店，他用了一周的时间去遍了这些地方。它们中的大多数都和五夜描述得很相像，这种想象落实在五夜笔下那些具体描绘：公寓下的花园，修剪得四四方方的面朝公寓大门的怪树。在那个著名的交叉路口上，陆树拍到了那些美丽的井盖——精湛的火车头、缝纫机、栩栩如生的鸳鸯图案，都出奇地拥有金属和纸布的混合质感；永远背靠着阳光的老太太们，不停地用手指吮吸拇指和食指上酱汁的路边鸭店厨师，在松散的马路上撞来撞去的狗，一整天在胡同里趿拉着拖鞋闲逛的男孩子们。地图上的每一处坐标都开口说话。在江恩路大道的第三个拐角，陆树抬头就看到了五夜无数次提及的"仿佛余晖和初日都双双宠溺于这儿，这条街上最美的地方就是这里了"的茶馆，白墙、青瓦、屋旁绕水，温暖的雾气笼罩一旁的碎石车道，粗布蓝水呢的进门帘从陡陡的房顶倾泻而下，透露了门里的骄傲和门外的孤独。陆树出神地看着，看着五夜顶着金色的初日或披着落日的余晖掀开门帘，进进出出。

他走进店，顺着一个忙忙碌碌的姑娘的指引，点了一份秘制牛头干和黄桃、一壶白茶。茶点上齐了之后，他请那位姑娘给自己拍了一张照片。背景是窗格拼接出的毫无明媚可言的普通阳光。

他决定去找五夜。与几日前的激动心情相比，平静取代了内心嘈杂的喧闹声。就好比这几日他所做的事情，他的假想、他的暗中行动、某种无中生有的偷窥，是为今日所有实质的鉴定，或者相反。

他无法解释自己的目的，只是非常确定自己要这么做，一如把一只脚放在另一只脚的面前，他的下一步是迈出那一步那样顺其自然。这座城市里的戏法并无特别，就像女人们的脸孔那样彼此相近或者完全迥异罢了。这个几乎改变了自己一生的女人，他迫切地要触摸她真实的一切：她漂亮吗？抑或是普通的罢了？她咳嗽的声音，她走路的样子，她穿着什么颜色的衣服，长发还是短发，头发是什么颜色，她是否弱不禁风，或者身材坚实？他感受到的那些来自于一个女人的力量，是被怎样的一个躯壳装载着？在茶馆的门外，他可以上前一步，为五夜掀开那个她无数次自己掀开的粗布蓝呢帘。所有突如其来的"我与五夜在一起，在她生活的地方"这样的感觉在陆树心里弥漫。他觉得自己不可能比现在更好、更热情、更真诚。

他决定不开车步行前往。因为据旅馆的人说，那条公寓很是僻静，汽车的导航也常常在那个区迷航。周围有一个大的跳蚤市场，售卖当地成一家成衣工厂流出的衣服，每到周末人满为患，汽车在那里堵得水泄不通，和平常的清净形成鲜明对比。

在五公里左右的路程当中，他大概有大把的时间和机会为五夜挑选一个满意的见面礼。他很快找到了旅馆人员所说的市场，很可惜他对女人的衣服、化妆品一窍不通，倒是在某个叫梅花路的公交车站旁看见一个卖花的老人，他意外地发现花的种类很多，他精心选了一些花：丁香、紫罗兰、马蹄莲和意大利雏菊，它们并不便宜。这些大概都是印象中五夜在信中提及过的那些她喜欢的花，卖花的老人将它们插得非常完美——至少在陆树看来如此。彼时距离五夜的家——"香滨路五号别墅502"还有半小时，这束与陆树的装束比起来显得过于华丽的花，一直小心翼翼地待在他怀里，令他开始焦急起来。他要更快见到五夜。

他想象着，大概半小时后，他站在五夜的门前，准备按门铃，这束花竖在自己左边的怀里，可以稍微遮挡一下自己大概会害羞的脸。

他用右手轻轻地叩门，两下，最多三下。他想象着在这样一个大清早，五夜在门铃响起之前可能会做的那些事儿：她刚刚起床，在灶台上煮粥，把昨晚回家后扔在沙发上的披肩收进衣柜，接着，或者在这之前，她去洗手间，路过报架，想也没想就选了《新闻报》。收音机正在播放流行音乐节目，她跟着旋律轻轻地哼歌，但是她真正打算听的是五分钟后的股市新闻，她匆匆忙忙地有条不紊地干着许多事情，接着她听见门铃响起，毫无预备地打开房门。

他开开心心地猜想着很快就会发生的一切，这使他的脚步越来越焦急。没费什么工夫他就找到了香滨路别墅群，别墅紧密地簇拥在一起，说是别墅群不如说是廉价的平房区。

5 号公寓没有安装电梯，五层楼看起来是最高的顶层。他按照自己想的那样，左手持花，右手轻轻地叩了三下房门。房门很快打开了，对方是一个身材矮胖，戴着金边眼镜，有一张滚圆红润的脸的中年男子。显然这张脸和陆树一样吃惊。

"你送错了，我没有订过花。"中年男子愣了一下，马上反应道。

"我是来找人的，请问您是五夜的……恋人？爱人？"

"什么？！五夜？……我不认识你说的这个人，你大概找错了。"

"请问您是一个人住吗？您是最近搬来的吗？"

对方点点头，又很快摇摇头，目光再次落在陆树手里的花束上："我住了五年了。我觉得你应该查查送花的地址，不可能有人给我送花，我这辈子都没有给谁送过花，要不我也不可能打光棍不是……"

"有没有可能……"陆树急切地打断对方，但那同时他意识到自己问不出口什么，他对五夜一无所知。她具体的年纪，她的样貌，她说话的特点，她目前的职业。

"有没有可能，有一个叫五夜的女人，住在……住过这里？"

"女人吗？你别开玩笑了，不可能。"圆脸爽朗地笑起来，"我住在这公寓楼五年多了。一年前住在这个屋（房间）的是我的房东，一个去年死掉的孤寡老头子，哦，今年初有一些他的远方家属来这里办过房子的转接手续……"

"我想，我能确定这里曾经住着一个女人，香滨路五号别墅 502，是这里没错吧？"陆树把信封地址拿给圆脸，"您看看，这里的公寓就只有这一排，地址不会弄错的。大概两年，我的这个朋友都会定时从这里给我邮寄出一封她的手写信！"

"不可能！手写信？"圆脸睁圆了镜片后的小眼睛，"那真是活见鬼。我什么信都没有收到过，这年头还有人写信？

我甚至都没见过这儿还有什么邮局。真是见鬼。"

陆树道谢准备离开，他坚持把手里的花送给圆脸，因为除此之外他别无选择。他不可能再来这里，便不会带着它们离开。五公里的徒步使他过分疲劳，他将原路返回，除了自己的身体他没有力气带着任何其他东西一起。

离开淮恩城的一个月之后，陆树几乎忘记了这次的出行，也再没像之前那样偶然或者必然地想念起与五夜通信的日子。做好写字这件事，就将把"与五夜重逢、与五夜分别"这两件有着细微分界的事情，变成同一码事。

他只用了不到两个月的时间，就将自己第二本小说的初稿整理完毕。提交出版社的那天，他写了一封很长的信，请求发行渠道能够多添加一个城市的名字。这本叫《果实》的小说里，有一段关于对重逢的描写——

那晚天空没有星星，当我走上我熟悉的路，镇子像往常那样在月光中晃动。但我一直留神观察，想发现一些昨天我忽略掉的事物，同时添加一些我刚刚发现的新大陆。我毫无疑问地确定我错过了一些东西，不管是我所听见的还是我看见的，今天，将完全彻底地不同于昨天，一排耸立的烟囱仿佛直顶着天空，一两盏街灯亮着，街上却鲜有人踪。就像在没有人需要的时候屋里却点着灯似的。黄色的汽车里有新鲜的烟草味儿溜出，街上没有一个人来往，白天结束了。街角零星地站着几个夜间的巡警。

每一处阴影都被巨大的圆月所照耀，露出真实的脸孔。而我，就是衡量这一切的标准。今天，将因为它们完全彻底地不同于昨天。我独自一人在黑暗中熠熠闪光，我将在这样的光亮中，与重要的人及其相关的事，重逢，离别。

《果实》引起了比《第一手别离》更强烈的反响，陆树狄得了身为一个作家的空前成功。三个月后，在又一个秋天刚刚到来的时候，他应南方出版社的邀请去当地签字售书。只有短短半天的行程安排，在芝麻书店进行的签字仪式上，排在队伍最后的女粉丝用羞涩的声音邀请他在扉页上为她写一句有关爱情的赠语。他笑着写下了，"愿你拥有发疯的清醒，安静的睡眠"。

回程前，他特意问询了酒店，找到了当地有名的跳蚤市场，在一家手工家居店给妻子买了一张桃花心木的书桌和一张有着雏菊刺绣的漂亮的手工小挂毯，价格很好。如果在大城市的家居店里，这样的手工作品的价格得翻上个几十倍。在旁边的小店里，给儿子买了一顶牛仔帽，他亲自试戴的时候，销售女偷偷地抿着嘴笑了，陆树也不好意思地笑了。回到家后的第二天他就去上班了。5点钟闹钟响起，他像往常一样花了半小时准备就绪，要不是"五夜"这个名字被一个路过他身边的人提及，又或者那人说出口的并不是一个名字，只是由汉字的发音特点造成的某种听觉错误、只是被某种根深蒂固的意识造成的必然结果——事情就是这样，当你猜想一定有什么不寻常的事情要发生，它就一定会发生。他大概根本不会想起与其相关的事件及时间。

在处理了堆积在邮箱里的邮件之后，总编亲自来到他的桌前，把栏目改编的会议资料放在他面前。他正要翻开那些资料，桌前的电话铃响了。换成其他任何一天，他都不会在这个办公室里待着，因为下午1点半正是其他人午休的时刻，他一般会在总编办公室里和总编开会，讨论个人专栏的规划或者其他讨论不完的琐事。而今天因为总编突如其来的到来将他留在了这个办公室。

电话是前台打来的。前台的接待员告诉他，有一位先生在等他，显得很着急。

陆树请前台转告他很快过去，他几乎可以确认对方是出版社的张萌老师。他大概是为了版税合同的事前来。这个人一向性急喜欢当机立断，不喜欢电子邮件里没完没了不清不楚地沟通：加印是否要改版？印张规格是否有变化？版税的交付方式是什么？这次的合同签多久？以及有关无关的客套寒暄。陆树一边在旋转扶梯上上下下，一边思量着如何回复张萌。大厅里湿气很重，地毯踩上去湿湿软软，他打了一个响亮的喷嚏。顺着前台小姐的手势方向走去——那是一个他从未谋面的近乎是老年的陌生男人。

他背对着陆树坐着，头发显然是花白的，经过染发处理之后变成了当下流行的花白灰，反倒显出年轻来。蓝黑格子呢子料的西装剪裁合理，样式并不主流，是有些年头的衣服。他低着头，两腿齐整地合拢在一起，裤脚一丝不苟。他专一地望着某个方向，陆树一边向这背影走去一边在回想这个人可能是谁。

"你好。"陆树从男人的身旁绕过，在他对面和他打招呼。

"你好。"男人收回自己落在某处的目光，立刻接住陆树的话。紧接着他站起身，脸上浮起笑容。

"请问我们认识吗？"

男人并没有急于回答问题，也没有急于坐下。他稳健而急切地将陆树从头到脚打量了一遍。

"您……你就是陆树先生？"男子反问他，又像是在对自己肯定这件事。

"我是您的粉丝，"男人的小胡子有些笑意，"很抱歉这样盯着您看，我从未和一个名人这样面对面过。"

"我只是一个写作的人，"陆树回答，"和你一样，我也没有见过什么名人。"

"您的书写得棒极了！虽然目前它还不是一本名著，但那是早晚的事。我看过那么多小说，我可以打包票，它太特别了！"

"谢谢。听口音您不是本地人。"

"是的，我从南方来，明天就回去了。"

"来旅游？"

"可以这么说。"小胡子耸耸肩，然后接着给了陆树一个小小的微笑。"顺便请您给我签名。"接着陆树发现对方做了一个微妙的表情，他的脸部忽然小幅度地，剧烈而怪异地抽搐了一下。这个抽搐巧妙地将其某种情绪压制了下去，只短短几秒。但陆树几乎可以肯定，他看见这个男人哭了。

哭了是什么意思呢？大概就是指任何人哭的时候那样——虽然眼泪并没有掉下来，眼眶里也没有浸满泪水，但你可以肯定那就是哭泣。

陆树向椅背靠去，装作什么也看不见的样子。抵抗陌生人的情绪是一种基本的教养。他并不奇怪，任何人都能从一本书、一部电影里得到专属于其自身的情感教育。那不是令人好受的事。

他向窗外望去，天空中弥散着突然光辉灿烂的缕缕阳光，广场那边的栏杆上靠着两个看不见脸的人，他们就像两尊雕像一动不动。

很多年之后，陆树都时常会想起这两尊雕像，他仍旧怀疑自己是否看见了他们。而自己之所以检查有关他们的记忆，为的只是尽可能回想起更多关于那天的一切，假设那是他留神观察得来的，假想他曾把那天周遭的所有都记在心里，假设他记得他们之间的所有对话，以及伴随这些对话同时存在的气味、音乐、温度，以此来证明自己并没有错过太多。

太阳变成灯光温柔照耀着大个大厅里的两个人。大厅里扑动着许多条舌头。

他们进行了有 10 分钟左右的谈话。话题无关痛痒。他记得男子反复提起了《第一手别离》里的一句话，那是陆树并不特别在意的一段话，大概是"在一件事情告一段落后，人必须要停歇，因为人在这个时候最丰富，最脆弱，最顾虑重重。人在这个时候，往往才能看见花的冷漠，而云在远处开花"。

接着陆树发现茶壶空了，他向吧台人员挥手示意但是发现其在忙着帮一个外国人填写预约表格，于是他端着茶壶走向吧台。

他记得仿佛在行走的过程中有那么几秒钟他假想过他们接下来的对话，他打算问这个有趣的人为什么忽然冒出来，又将到哪里去。这个人以及他的故事，将会有哪些特别之处。如果他们继续谈论《第一手别离》，他不介意和他说说五夜……

作家对那些吸引着他的怪异的性格本能地感兴趣。差不多就是这样吧。这种兴趣会凌驾于所有事物之上，比如秩序或规律。当你察觉到自己对某些行为的反感远不如对这些行为产生原因的好奇心那样强烈，你就会做出连自己都觉得奇怪的事情。

他更换了新的茶叶和茶具，他觉得自己很殷勤，一种既热烈又滑稽的气氛笼罩着他。就在那个时刻，摆在大厅正中间的一架自动钢琴忽然开始演奏起聒噪的舞曲，周围有人立即起身离开，就像当热播剧中有广告插播时人们立刻换台那样。

然后就在他回头转身的瞬间，他发现他不见了。那个座位上空无一人，他猜想他大概是去洗手间了。他把茶壶放回那张桌子，把茶具按照刚才的样子摆好，坐下来等他。如果当时不是他亲自在那儿，他自己也不会相信自己会这么做。但那是真切的。他看见一段热腾腾的关系从壶嘴里汩汩地冒出。

但是小胡子男就这样消失了，一切都毫无征兆。陆树记得自己在那个位置上坐了数十分钟，他不记得自己思考过什么，似乎并不是在等待，而是他必须要耗尽对那场热腾腾的谈话所动用的期待和力量才离得开。

接下来的日子陆树一直忙个不停，齐头并进地处理各种杂事。妻子给他接了很多翻译的活儿——她开始试着当他的经纪人，她觉得陆树自成一体的书写风格很适合翻译一些国外小众的精品文学，为此他得好好把外语捡起来。

他从二手市场买了一大堆纸箱，用来盛放自己从旧书市场淘来的各种书——家里原来被他当作书房的小仓库已经再没有多余的地方了。房子里其他地方的储物空间也日渐变得狭窄。他意识到自己正在迎来人生中最非凡的生活状态。

他比以往任何时候都要坚强。更多时候他没有处理他的记忆，不是因为他没有勇气，而是缺失方式。

某一个周日的晚上 7 点，他在工作室加班，专栏的改版加重了他的工作量。前一天晚上熬夜完成的稿件也因为电脑死机而丢失了。长期以来毫无怨言陪着他负荷加班的胃亮出了警示灯。胃疼使他既焦躁又恼怒。陆树决定给自己放个假，去对面的街逛逛，找家陌生的小酒馆，说不定就能遇见几个值得记住的面孔。

事情发生在 7 点 15 分左右。就在他关上电脑，把堆在面前的资料都规整到一边，然后匆匆忙忙捡起外套向门口走去。他推门的时候吓了正站在门外预备敲门的秘书 P 一大跳。

"有什么事？"

"您的信。"

陆树复又合上房门，信是两天前寄出的。信封上没有邮寄人的姓名和地址，只有一个大写的"Y"，收件人同样是一个"Y"。邮寄的签收地址是在距离杂志社三公里以外的邮政局。信封上被邮局盖过"查收无效"的戳儿。显然这封信几经周折才送到了这里，显然它差点就会被弄丢。

几乎是在同时，陆树想起了一个人，但几乎是同时他否认了自己的想法。不过直觉仍旧令他双手发抖。

"前几日，"P 说，"一个男人，个子和您差不多高，但比您年纪大很多，他的手里一直捏着一封信，在这儿等了您好一会儿，后来又忽然要走。走的时候很匆忙。我追着告诉他您一会儿就会到，他还是急着走了。"

"他长什么样？"

"说不好，穿得很高级，圆脸，头发花白。"

陆树走回书桌前，一缕阳光从百叶窗缝渗透进来，灰尘密密麻麻地在阳光里飞舞。

是五夜的笔迹。毫无疑问。陆树只是扫了一眼，就确认了这个事实。他下意识地向挂在墙上的时钟看去，他盯着秒表走了一圈之后意识到它是无法显示日期的，也无法显示此时此刻所有疑问的解答。

陆树把信纸摊开，内容如下：

陆树：

我是五夜，但我不是五夜。我的名字叫张鲁可。

现在的我是一个独身一人的 62 岁的老头子，20 年前我开始给你写信时，是一个婚姻不幸、生活一片狼藉的糟糕男人。我有三个孩子，两个儿子、一个女儿，女儿现如今已经当了妈妈。

他们都在国外工作，都是优秀的人才，经历过人生重要的历练，不过我们还是很少联络。直到一年前我的妻子心脏病发离世了，我的大儿子也在那之后的第三天出了车祸，成了终身植物人。

噩耗传来，我才意识到自己有多糟糕，我已经很老了，可我从来不是个好爸爸，更不是个好丈夫。就在那个绝望无助的时候，我又一次想到了你——我的笔友——那个时候我的情绪已经几乎崩溃，我每天都把自己关在家里，不吃饭不睡觉，每晚都要喝掉大半瓶白酒，酒精使我感到麻木，同时也使我彻底丧失了对将来的期望，我没有任何一个可以指望的人，无异于一个死人。不止一次我醉倒在客厅里，第二天醒来的时候手里握着一把安眠药。直到我的小儿子从美国回来，将我从死亡的诱惑中拉回来。我们决定搬家，我决定跟随儿子去美国生活。

我们花了三个周末变卖家具，清理一些无法带走的书和陈年杂物。和相处了 20 年的左邻右舍一一道别。

然后我们订好了机票。启程前的某个周一，我忽然想起来在地下室还有数年前我们搬来时的堆积在那里的旧物。整理那些废墟的时候，我从一个旧皮箱里发现了整整一箱子的被捆成一卷一卷的信纸。那正是 20 年前我给你写的信。我已经将它们——包括你，忘记得一干二净。你的信我也并没有存心保存过，一切都是我妻子做的，她替我保留了这些信，大概她更珍视那个作为你的笔友的我，那个满口谎言但是内心充满希望的我。也正是由于她的死，有关你的记忆才会全部浮现。就在那个晚上，我一个人打着探照灯，将那些信一封一封地看了一遍。我记得刚刚拿起第一封信的时候，我还没有打开就已经泪流满面。由于它们被妻子按照"年份—月份—日期"的顺序从箱子底部一层层，从左往右从下至上地齐整地摞着。过去的时间以及其背后的日子就随着我的阅读被串联成一条完整的线。我蹲在那里，睡衣紧贴着我的膝盖。我以那样的姿势一直到天亮，以至于最后我站起来的时候马上又跌坐回地。在整个阅读过程中，我时不时会听见黑夜中传来一声叹息，并感到黑暗中有人向我走来。我无法心安理得假装曾经那些陈旧的谎言，那些陈旧的防腐剂已经不再刺痛我，无法假装曾经的嫉妒、恐慌、诡计、烦恼、快乐和满足已经不复存在，无法假设我已故的妻子没有看过它们，无法假装曾经的你现在已不复存在。这么多年我通过自身努力而获得的自我在那个夜里全部倾塌。

我想我无法按照原计划进行了，我必须找到你，把所有的真相都告诉你，祈求你的谅解。

第二天，不顾儿子的阻挠我退掉了去美国的机票，留在了那个已经空空荡荡的房子里，我必须待在那里，以确保当我给你写信，你能给我回信——老地址意味着我的存在，意味着我的忏悔是有效的。但是我仍旧没有勇气坦白地告诉你真相，我只能延续当年的谎言——我试探着成为一个由女孩子成长起来的女人，试着去揣摩你对我的感情……我不得不继续撒那个弥天大谎！我怕的是你会因愤怒而拒绝回信。天哪！当一星期之后我收到你的回信时，我激动得又蹦又跳。你居然能收到我的回信，你居然记得我，你居然记得曾经所有的事！你居然给我回信了！你的来信给了我极大的慰藉，简直是我丧妻失子这段日子以来唯一治愈我的。当那股欢喜以大哭的方式从我的胸腔迸发出来的时候，我被自己吓了一跳。鬼知道我中了什么邪，大概是我太贪图与你通信的快乐，我太眷恋这种伤痛被治愈的安全感，这种突然间对生活开始有了期待的感觉。

随着我们通信的继续，我沉浸在"五夜"的身份中无法自拔，日子一天天继续下去，我们越来越亲密。

于是我越来越无法说出真相。

在我们保持通信的那段日子里，可以说我的快乐比这么多年来我得到的都要真实，虽然它是由谎言堆积而成的。你记得那封信吗？那封至关重要的信——它应该是催促你赶紧成为一个作家的直接原因。我描写了五夜父亲的死亡，我想那是差不多我对你说过的最真实的话了——只不过经历那场死亡的不是五夜的父亲，而是我的妻子。就在写完那封信之后的大概第十天，我接到了儿子从美国打来的电话，他告诉我大儿子的四肢开始有了反应，医生方面也不能确定是什么情况，是好是坏，只是判断他的大脑似乎有了与人交流的意识。小儿子希望我立刻去美国，也恰巧是那个时候，不知道为什么你忽然与我断了通信，已经有半个多月没有回信给我，于是我在次日订了去美国的机票，也就没来得及与你暂时告别。

本来我打算在美国待几日就回国，但是大儿子的状况时好时坏，我们要进行情绪治疗，由于这种治疗在美国的临床上有了新的实验效果，医生建议我们进行"个性化情绪治疗"，实际上指的就是需要亲人朋友用大量的时间来陪伴，多给他讲讲过去的事儿来，多刺激他的意识。我决定留下来，尽一个父亲的责任。这一留就是半年。

也就是半年的时间，等我回国的时候，你居然已经是一个颇有名气的作家。我第一时间买下你的书来，并通宵看完了它。我说得没有错，你是一个天生的作家！

与此同时，我意识到自己犯了一个多么可怕的错误：年轻的时候，我们可以随便坐在什么地方，坐在光秃秃的公园的石凳上，写一封信给远方的人，或者告诉身边的人我爱你，随便说一些后来彼此都记不得的誓言。但是现如今，我们不可能对着天空撒纸片，并期望别人以为那是雪花。我对你犯了不可饶恕的错误。

我在国内住了三个月，在这三个月的时间里，我打听到了你的工作地址，花了一星期找了一间离那里不远的短租公寓，我想你也知道它——祠堂南路 31 号公寓。我住在 533 号房。那间房有一个很大的露台，我能从那里直接观望到你工作的那座大楼。那是一座设计非常抢眼的异形写字楼，它几乎是椭圆的。我不知道我在你的哪个方向。

我一般选择在下午 2 点去你公司的附近走走，坐在门口的台阶上，看着那些衣冠楚楚的年轻人进进出出，有时候我抬头望着那栋大楼的露台，想象着从上面向下望去时那些蜂拥的人群，那到处可见的活跃和喧闹劲儿。

我知道你在他们之中，我不知道你的样子，但我知道你在他们之中，你踮着脚尖来成为你自己。想象着这一点就足使我的行为不那么无聊了。

但是我的目的是要与你见一面。我不能逃避。于是出现了我们上次在大厅会面的那次——我还是太高估我自己了。我没法使自己镇定下来，当你坐在我的面前，你每讲一句话，我都竭力去记住那句话背后的声音，而忘了你在说什么。你坐在我对面，我就忍不住去记忆你的五官，你的鼻子很圆，说话的时候你习惯抬左边的眉毛。感觉不适的时候你就会紧握一下拳头，然后很快松开，身体向椅背靠去。

当我问你，是否写手稿，你摇了摇头，但同时很快点点头，你说，我写过信。

就在我在心里暗下决心把一切都告诉你的时候，你起身走开了。大概你是要给那茶壶添水吧？在你转身的瞬间，我的眼泪夺眶而出。然后，你知道，我离开了。这就是天意吧，它注定让我最终还是以写信的方式告诉你这一切。

原谅我的自私和懦弱，原谅我对你做的这一切，我对你撒了全部的谎。即便我知道自己不可饶恕，在我心中你仍旧是我唯一的朋友。我是一个想让生活看起来美好一些的老头儿。这是我们之间的最后一封信，无论是否能得到你的谅解，作为张鲁可而不是五夜的我也要结束这一切，作为张鲁可而不是五夜的我，大概再也无法对你写出一个字儿了。

可对我而言这是一个完美的结果。我会继续看你的书，现在我们换了更好的交流方式。请别熬夜，别像那些作家那样酗酒，要按时吃饭，坚持锻炼身体。

最后，祝你幸福。加油。

珍视你的：张鲁可

作者：五夜

附

英文部分：

Long Lost Penpal

Hello Do you remember me I am your long lost penpal

It must have been ten years ago we last wrote

I don't really know what happened I guess life came in the way

Let me know if you're still alive Let me know if you ever used

that knife or not

Hello Yes I remember you

I've got a husband and two children now work as an accountant

and make fairly good money

I still have your letters you used a pink pen to write them

And you would comfort me when my tears would stain the ink

And I would send you mix tapes with Kate Bush on

I have to admit I sometimes lied in those letters

Tried to make life better than it was I still wasn't kissed at sixteen

And I still need a friend

There was this letter I never told you this back then

But it would be fair to say it saved my life

I sat in the window The only one left out from a party again

Pretty sure I didn't have a single friend

Then I checked the mailbox

Dear long lost penpal I was lying the whole time

I'm really a 46 years old man named Luke

I have three children and a wife, she doesn't care

And I hope you don't resent me And I hope you do not hate me

For trying to find my way back to what it's like to be young

翻译部分：

久违的笔友

你好 记得我吗 久别的笔友

距离我们上一次通信已有 10 年

后来就断了联络 或许生活 本来就是这样吧

你还好吗 现在怎样 好想再听你说的那些故事

你好 久违的笔友

我结婚了 已经是两个孩子的妈妈 工作还不错 做会计

我还留着你的信 那些用粉色笔写给我的信

你安慰我的话 我哭过的泪迹

然后 我记得我就会 寄 Kate Bush 的磁带给你

其实我不得不承认 我在信里说过谎

把我的生活虚拟得很好 那次初吻并不是 16 岁

可我仍然需要你 朋友

这些写好的信 我从没想过要寄给你

不过 现在看来 它们救了我的命

独坐窗边的我 是唯一会中途退场的人

我很确认 其实我没有任何朋友

不过 我还是会检查信箱

久别的亲爱的笔友 我说了很多很多的谎

其实我叫 Luke 一个 46 岁的老男人

我有三个孩子 还有一个妻子她根本不关心我

我不奢望你会回信 只是希望你不要恨我

因为我想找回我的年少